Olor a Perfume de Viejita

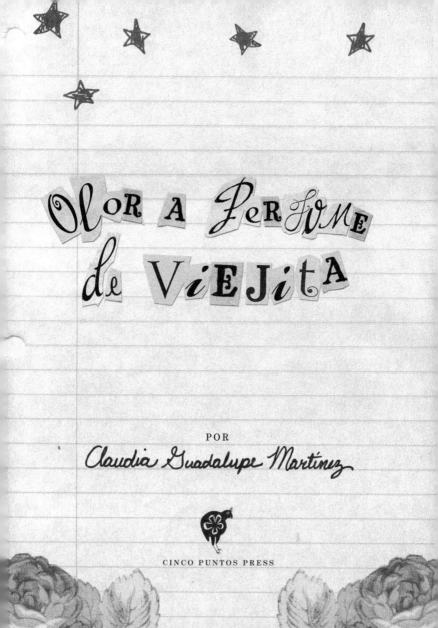

Olor a Perfume de Viejita

POR

Claudia Guadalupe Martínez

CINCO PUNTOS PRESS

FIRST EDITION
10 9 8 7 6 5 4 3 2 1

Library of Congress Control Number: 2018954469

**Book and cover design
by Sergio A. Gómez**

Hats off to Claudia, Luis Humberto and Sylvissima.

para mi familia

Mi Apá era fuerte como un roble.
Nos escondíamos bajo sus ramas
como si fuéramos sombras.
Esas ramas se mantenían quietas
hasta cuando reía a carcajadas.

TODO SOBRE EL SEXTO GRADO

CAPÍTULO
1

Mi Apá me dijo que imaginara el sexto grado como estar parada en el techo del edificio más alto del centro de la ciudad. Era como estar allá arriba, en ese edificio alto, y mirar hacia abajo. La gente en la calle se veía como hormigas. Para los niños de sexto grado, esas hormigas eran los niños de quinto, cuarto, tercero y de ahí hasta abajo, hasta los niños de preescolar. Cada grado estaba más lejos que el siguiente, más pequeño que el último. Lo mejor de todo era que esas hormigas admiraban a los de sexto grado. Por eso, comenzar me ponía nerviosa y a la vez me emocionaba.

El sexto grado era muy importante donde yo vivía porque marcaba el final de la escuela primaria. Puede que algunos estén muy viejos para recordarlo o muy jóvenes para imaginarlo; pero Ángel Junior, mi hermano mayor, lo recordaba. Mi hermana Silvia y él eran gemelos y habían sido estudiantes de sexto grado dos años antes que yo.

En aquel entonces, me interesaba cualquier tipo de información sobre sus fascinantes vidas. Ángel

Junior presumía que ser estudiante de sexto grado era como ser un hermano mayor. Todos querían ser como tú, y mandabas a todos. Los estudiantes de sexto grado se sentaban en la primera fila de la cafetería y ganaban la mejor comida por ser los primeros. Según él, había tomado un trozo de meatloaf directamente del plato de un niño de cuarto grado simplemente porque se le había hecho agua la boca.

Además, los de sexto grado sacaban los libros que querían de la biblioteca, hasta los libros especiales que la bibliotecaria guardaba en su oficina, aquellos que explicaban las cosas de las que platicábamos una vez al año durante la clase de Educación Física. Ellos no tenían que compartir una mesa en el salón de clases ni trataban de evitar el codo del vecino en medio de un examen. Cada niño tenía su propia mesita de madera para escribir y una canasta de libros debajo, como la que tenían los de preparatoria. Eso era lo mejor de todo.

Quería que mi hermana Silvia también me hablara del sexto grado. Pensaba que, porque éramos hermanas, ella compartiría todos los secretos que solo sabían las niñas; pero lo único que compartíamos era nuestro cuarto, y eso porque mis papás la obligaban. Y es que ella y Ángel Junior no se parecían en nada. Y no era que a veces un gemelo era bueno y el otro era malo, como en las películas; no, ellos eran, más bien, como las distintas partes de una misma cosa, como un lápiz y un borrador. Algunas veces trabajaban juntos; y otras, no.

Había otras maneras en que se suponía que deberían ser parecidos, pero no lo eran. Ángel Junior era tan alto como un hombre; Silvia era pequeña como yo. De la misma manera que Clark y yo teníamos la piel tatemada, los ojos serios y la misma sonrisa amplia de mi Apá, los gemelos tenían la piel aceitunada y el cabello negro como nuestra mamá. Mientras que Ángel Junior tenía una nariz grande y un millón de pecas, Silvia tenía una nariz normal y la cara suavecita.

Me prometí que cuando fuera mayor como Silvia, o más vieja aún, nunca sería como ella excepto en la forma de vestirse. Yo sería más buena. Hablaría con todos, como mi papá y Ángel Junior siempre lo hacían. No importaba que el inglés de mi papá no fuera tan bueno. Mi Apá hubiera hablado con el presidente de los Estados Unidos con la misma confianza con que hablaba con ese señor que pedía ayuda en la esquina. Yo quería ser así. Quería poder hablar con cualquiera y dar consejos acerca de la escuela a los niños más chicos. Quería especialmente dar consejos a cualquier niña que lo pidiera. Me prometí que cuando llegara al séptimo y al octavo grado, le haría saber a las niñas lo que significaba ser estudiante de sexto.

Aun así, yo hacía un gran esfuerzo con tal de copiar a Silvia en otras cosas, las que eran importantes en la escuela. Al final del verano, mis papás nos daban la oportunidad de seleccionar ropa nueva para la escuela. Nos daban dinero y nos turnábamos para ir de compras en semanas diferentes. Cuando llegó mi turno de escoger mi ropa para sexto grado, le dije a mis papás que no quería ir a Penney's, la única tienda departamental en el Centro. Le pedí a mi Amá que me llevara a las tiendas coreanas de la calle Stanton como lo había hecho con Silvia. Ahí todo era más barato. Escogí cosas que había visto que Silvia y sus amigas compraron. Agarré unos tenis rojos de piel, una medida más grande. A esos, mi mamá les metía algodón para cuando yo creciera. Elegí cuatro pares de pantalones de mezclilla y un montón de camisetas de distintos colores para cada día de la semana. También agarré una falda para ocasiones especiales, como el primer día de escuela. Era tipo mezclilla y lo suficientemente larga para esconder mis cicatrices de futbol con forma de araña que tenía en las rodillas.

Me encanta el futbol. Desde que recuerdo, toda mi familia iba al parque a jugar futbol. Cuando no jugábamos, lo veíamos. O también jugaba en la escuela. Y había un torneo en la clase de Educación Física cada año en primavera. El equipo ganador obtenía una fiesta de pizzas y el derecho de presumir su hazaña. Todavía no me tocaba ir a una fiesta de pizzas, pero sabía que en el sexto grado sería distinto.

Cuando mi mejor amiga Nora vino a visitarme el último fin de semana del verano, saqué mi balón de futbol. Lo pateamos de un lado a otro y platicamos sobre cómo sería ganar un torneo.

—Si jugáramos con dos personas en cada equipo, de seguro ganaríamos —comenté—. Tú eres rápida y yo soy fuerte. ¿No sería genial?

—Sí, pero una fiesta de pizzas no sería tan emocionante con solo dos jugadoras —respondió limpiando sus lentes con su camiseta—. Eso lo podemos hacer cualquier día.

Seguro tenía razón, pero de todos modos habría sido divertido. Siempre me la pasaba bien con Nora. Nos conocíamos desde el primer grado y desde entonces nos habíamos vuelto inseparables, como queso derretido y nachos. Reíamos y nos contábamos todo.

De hecho, la mayoría de mis expectativas sobre el sexto grado eran por Nora. Ella había aprendido todo lo que se necesitaba saber sobre el sexto grado en el campamento de ciencias, que era como una escuela de verano para niños nerds. Estuvo ahí durante seis semanas en el verano, aunque parecía que nada de lo que había aprendido tenía que ver con las ciencias.

Nora se había dado cuenta de que las dos íbamos a estar en la clase de los inteligentes, la que llamaban Clase-A. En esa clase solo hablaban en inglés. Nunca antes habíamos estado en una clase así. A pesar de que mis papás me presionaban para que hablara más y más inglés, en la casa solo se hablaba español. A veces me costaba trabajo platicar como esos niños de la Clase-A. Mi español brotaba como rebanadas de color en una pared amarilla que había sido pintada de blanco. Por eso siempre acababa en las clases bilingües. Y no había nada de malo con las clases bilingües, pero los niños Clase-A se creían más inteligentes. Todos sabían sus nombres y los demás niños definitivamente querían ser como ellos.

Estar en la Clase-A significaba que todos también sabrían nuestros nombres.

—Chela González —dijo Nora mientras se preparaba para regresar a su casa—. Este año será diferente. Ahora nosotras somos Clase-A. Este año, ¡seremos súper populares!

Platicando con mi Apá

CAPÍTULO

2

Una de las cosas más importantes que Nora me había explicado era que Camila, la chica más popular de nuestro grado, se había cambiado a una escuela privada. Camila siempre había sido la reina de nuestro grado. Ahora que se iba, alguien más podría tener la oportunidad de ganar el trofeo de Alumna Distinguida. Según Ángel Junior, solo el niño y la niña más populares podían ganarlo.

Mis pensamientos daban vueltas y vueltas alrededor de ese trofeo, así que decidí que tenía que ganarlo. Cada vez que pensaba en ello, me quedaba sin respiración como cuando corríamos en el campo de futbol de la escuela. Me imaginaba en la asamblea de premiación, subiendo al estrado de la cafetería después de que el director anunciaba mi nombre como la Alumna Distinguida. Yo tendría puesta una blusa nueva y mi cabello volaría cuando giraba la cabeza para darle las gracias. Sería la siguiente Camila, la bonita e inteligente a quien todo mundo admiraba. Aunque celebraba el rumor de ese verano, que Camila jamás regresaría, yo quería ser como ella.

Mi emoción crecía y crecía tanto que pensé que tal vez me desmayaría por todo ese correr en mi cabeza. Ya era de noche y demasiado tarde para hablarle a Nora, pero platicar con mi papá por lo general me ayudaba a ver las cosas con claridad.

Así que la noche anterior al comienzo del sexto grado, entré a la sala y encontré a mi Apá sentado en el piso. Estaba leyendo el periódico en español y tomando su bebida favorita, un vaso grande de leche con mucho hielo. Le di un beso rápido en su mejilla izquierda color café. Él giró la cabeza hacia mí. Traía puesta la cachucha que a veces usaba, incluso dentro de la casa, para cubrir que estaba pelón. Mis pensamientos se derramaron como canicas rodando por todas partes. Hablé tan rápido que me tropezaba con mis propias palabras y tuve que repetirlas. Le dije a mi Apá lo que Ángel Junior me había dicho acerca del trofeo de Alumno

Distinguido. Le dije cuánto quería ganarlo. Sabía que ahora que Camila no estaba, yo lo podría ganar.

Mi Apá no dijo nada al principio. Se estuvo pensando un rato, así como siempre lo hacía. Respiró profundamente y miró al espacio como en busca de algo importante. Jugueteó con su paquete de cigarrillos y se guardó uno sobre la oreja como si fuera un lápiz. Entonces volteó hacia mí.

–Chela, debes sentirte orgullosa de quien eres. Te vas a ganar ese trofeo porque vas a trabajar duro para ser la más inteligente. No importa quién sea tu competencia.

–¡Sí, Apá! Pero ahora será definitivamente más fácil –insistí.

–¿Sabes? –dijo mi Apá–. Cuando yo tenía tu edad, mi papá no me dejaba ir a la escuela porque no podía pagarla. Era un agricultor pobre y era demasiado orgulloso como para dejarme que pidiera una beca. La mayoría de la gente de donde yo era solo estudiaba hasta sexto grado. Pero aun cuando ya no podía ir a la escuela, leía todo lo que podía leer —giró las páginas de su periódico para acentuar su idea—. Nunca dejé de aprender.

Entendí lo que mi Apá me decía. Tenía que hacer mi mayor esfuerzo sin que importara lo demás, aunque no hubiera escuela ni Camila. La única manera de ganar el trofeo de Alumna Distinguida era trabajar duro.

Más tarde esa noche vimos una vieja película de vaqueros en el canal cinco, el canal en español. Mi Apá me preguntó si quería ser vaquera. Le dije lo primero que me brincó a la cabeza. Le dije que a lo mejor nomás quería ser mamá y me reí. Él no se rió. Me dijo que ese era trabajo duro. Ser papá o mamá era como ser un profesor que impartía un curso que jamás terminaba. Por supuesto, para mi papá parecía muy fácil. Pero es que él siempre decía la verdad. Me dieron ganas de ser algo así como una abogada o una doctora.

—Vete a dormir, mija —me dijo mi Apá después de un rato—. Te voy a despertar temprano, a las seis, después de que yo me levante.

Le di un beso de buenas noches. Cuando caminé por la sala, mi Amá estaba poniendo nuestra ropa del primer día de clases en el sillón rojo. Había unos pantalones y una blusa para mi hermana, pantalones holgados y camisetas para mi hermano mayor y mi hermano más chico, y una falda y una camiseta para mí. También estaba ahí la ropa de mi papá. Le di un beso de buenas noches a mi Amá.

Subí las escaleras hasta mi cuarto y me puse mis piyamas. Me subí a la parte superior de la litera. Me dormí y soñé sobre el primer día del último año de la escuela primaria. Soñé que cuando Nora y yo llegamos a la escuela, todo mundo nos quería y todo era perfecto: nuestro cabello y nuestra ropa estaban perfectos. Nuestro equipo ganaba el gran torneo de futbol. Nos sacábamos puras As. Todo mundo sabía quiénes éramos o querían conocernos. Éramos las nuevas reinas.

Todo parecía perfecto, aunque en realidad no sucedió así.

La oscuridad

CAPÍTULO
3

Abrí los ojos a un sol ya estampado en el cielo. Supe de inmediato que algo no estaba bien. Mi Apá no me había despertado tal como lo prometió. Me dio coraje. Se le había olvidado y yo iba a llegar tarde a mi primer día de escuela.

Le di un empujón a Silvia para despertarla. Finalmente pude abrir la boca para quejarme. Entonces me cayó el veinte: esto nunca había pasado. Mi papá SIEMPRE nos despertaba, desde que me acuerdo. Nos despertaba incluso cuando no había escuela.

—¿Dónde está papá? —le pregunté a Silvia.

—No sé —bostezó—, a lo mejor se quedó dormido. Acaba de terminar un trabajo muy pesado.

Mi papá renovaba casas; hacía cuartos grandes y lujosos, con pisos de madera impecables y baldosas brillantes de mármol en barrios que tenían césped y no necesitaban cercos de malla ciclónica. Sus días habían sido más largos y duros de lo usual.

Me bajé de la cama, pensando en echarle un ojo

antes de alistarme para ir a la escuela. Silvia habrá pensado lo mismo porque me empujó hacia un lado y se apuró para salir del cuarto primero. No fue un truco para acaparar el baño. Bajó por las escaleras.

Cuando llegó hasta abajo, Silvia se tapó la boca con ambas manos.

—¿Qué pasó? —preguntó débilmente.

Mi Apá estaba tieso, tirado sobre la gran alfombra peluda color café, frente a su cama, con mi Amá y Ángel Junior inclinados sobre él. Mi mamá sostenía la mano de mi Apá y hacía mucho esfuerzo por verse tranquila; pero sus cejas se arqueaban demasiado en su frente para que eso fuera cierto. También la cara de Ángel Junior estaba arrugada y hasta sus pecas se le borraron.

Ángel Junior habló rápido, engordando los minutos con palabras.

—Oí un ruido. Salté de la cama. "¿Quién anda ahí?", grité. Entonces fue que vi a mi Apá tirado en el pasillo. También mi Amá salió corriendo de la recámara. Lo jalamos hasta aquí y tratamos de subirlo a la cama, pero está demasiado pesado.

—Pero, ¿qué pasó? —repitió Silvia.

—No sé —dijo Ángel Junior.

Tal vez se había caído y se había golpeado la cabeza. Si fue así, no dijo nada. Sus ojos estaban abiertos, pero no se levantaba.

La barbilla de mi Apá se sentía suave así que yo sabía que se había levantado antes de salir el sol. Siempre se afeitaba en el baño de arriba, el que tenía el espejo grande. Probablemente había bajado los escalones en silencio, cuidadosamente, al terminar de rasurarse; un paso a la vez para tomar la ropa que mi Amá había dejado para él en el sillón. No pudo haber sido distinto a otros días, excepto que tal vez se había tropezado o se había mareado. Sólo que no había llamado para pedir ayuda.

—Apá —dije con urgencia—. Por favor levántese y vaya a trabajar. Vístase. Póngase sus pantalones de trabajo y llévenos a la escuela. Yo le ayudo a amarrarse las botas. Por favor.

—No me puedo mover —dijo con dificultad cuando finalmente abrió la boca—. No me siento dentro de mí mismo.

—¿Mari? —llamó en voz alta. Mi mamá apretó su mano con fuerza, sin soltarla—. Mari, quiero hablar con los chamacos.

Lo rodeamos, haciendo lo que mi abuela llamaba círculo de penitentes. Mi mamá empujó mi brazo con suavidad, pero no supe qué más decir, abrumada por un sentimiento oscuro que solo me hundió más cuando recordé el coraje que sentí porque no me había despertado. Mi Apá le susurró a Ángel Junior que nos cuidara. Nos besó a cada uno de nosotros.

—Ahora vayan a la escuela y trabajen duro —dijo. Mordí el interior de mi cachete hasta que el sabor a cobre me avisó que estaba sangrando. No dije más. Me quedé bien quietecita porque no quería equivocarme. No quería que él supiera que me daba miedo que se estuviera despidiendo cuando nadie se iba a ningún lado, ni siquiera a la escuela.

—Nací cerca de las aguas del Río Florido —dijo. Así se llamaba el río, que ahora no era más que un arroyo pequeño y seco, por el pueblo donde él y mi Amá habían crecido—. Voy a cerrar los ojos y me voy a despertar en esas aguas.

Había pánico en la cara de mi Amá al oírlo decir esas palabras. Era como esa vez cuando ella tenía un dolor de cabeza que no se iba por más Tylenol que se tomara. Fue con los doctores y le dijeron que tenía un tumor en el cerebro. Ella creía que se iba morir. Le dijo a mi Apá que no podía creer que Dios se la llevara dejándonos a nosotros sin una madre. Tenía razón. Pronto su panza empezó a crecer más allá de su blusa. No tenía un tumor; Dios solo nos estaba mandando un hermanito.

La mirada en la cara de mi Amá era la misma. Era una mirada que le preguntaba a Dios cómo era posible que nos dejara sin un papá. Pero entonces su cara cambió, como si alguien le hubiera echado un balde de agua fría para que despertara.

—Tú no te vas a ningún lado. No cierres los ojos. Aquí estamos contigo. Vas estar bien. ¡Vas estar bien! —le dijo a mi Apá. Ella le sostuvo la cabeza mientras la mecía rápido y ligeramente como las alas de una chicharra. Apretó los dientes y yo sabía que realmente estaba tratando de no llorar, tratando de mantenerse firme. Sólo su cuerpo temblaba. Ella tarareaba ese sonido que hacía cuando estábamos enfermos o cuando algo nos dolía. Ella se negaba a dejarlo hundir en la oscuridad.

—Te vamos a llevar a que te ayuden —dijo mi Amá.

Mi Apá trató de sonreír, pero solo una esquinita de su boca cooperaba.

Mi Amá siguió arrullándolo.

Ángel Junior fue a la sala y marcó el novecientos once.

Silvia se sentó en la cama y algo le susurró a Clark que apenas estaba despertando.

No escuché nada más. Era como caminar lejos, hacia el interior de un túnel o un pensamiento. Me acosté en el piso, al final de la alfombra, y recargué mi cara mojada contra las plantas de los pies descalzos de mi Apá. Estaba segura que él podía sentirme abrazándolo, aunque su cuerpo no pudiera sentir otra cosa. Me quedé muy quieta y escuché solo las sirenas de la ambulancia que llegaban por mi Apá.

Días de enfermedad

CAPÍTULO

4

Mi Amá nos dijo que nos quedáramos en la casa porque no quería que se volviera un lugar vacío y triste para regresar. Yo estaba segura que la casa estaría igualmente triste si fuéramos a la escuela o no. La verdad es que mi mamá no quería tener que sacarnos del salón de clases si las cosas empeoraban, así que llamó a la escuela para avisar que estábamos enfermos.

—Yo voy con usted —dijo Ángel Junior. Pero el chofer de la ambulancia no lo dejó subirse. No podíamos ir al hospital. Ningún menor de quince años podía hacer visitas. Tenía que ver con que los niños siempre se enfermaban porque compartíamos resfriados, gripe y otros gérmenes en la escuela. No querían que compartiéramos eso con la gente que estaba enferma. Como no habíamos ido a la escuela, no estaba segura si tenía algo que ver con nosotros. Ni siquiera habíamos tenido la oportunidad de conocer gérmenes peligrosos.

—¿Entonces qué hacemos? —preguntó Silvia.

—Esperar —respondió mi Amá. Nos dijo que no usáramos el teléfono en caso de que ella nos llamara y que hiciéramos como si las vacaciones no se hubieran terminado. Pero, ¿cómo podíamos hacer eso si mi papá estaba enfermo?

Todo el verano esperábamos afuera de la casa a que mi Apá regresara de su trabajo porque su regreso era la mejor parte del día.

Una vez, después de que llegó a casa, no nos metimos ni cuando comenzaron a caer gotas tibias de unas nubes oscuras. Nos tomamos de la mano en círculo y giramos cantando "que llueva, que llueva, la virgen de la cueva, los pajarillos cantan, la luna se levanta". Mi Apá decía que era una danza de lluvia para la gente que también iba a misa y creía en los santos. Cuando la lluvia finalmente llegó con fuerza y nuestro patio trasero se inundó, seguimos sobre los charcos. Mi Apá tomó grandes pedazos planos de su montón de madera y nos imaginamos que eran balsas, incluso cuando se hundían al golpear el agua. Nos reímos hasta que nuestros labios y los dedos de nuestros pies se volvieron azules.

Otro día que lo esperábamos, hacía tanto calor afuera que el pavimento se sentía como sartén debajo de nuestros pies descalzos, así que hicimos como si fuera día de San Juan Bautista. Mi Apá se bajó de la troca, desenredó la manguera, abrió la llave y puso el dedo gordo sobre la boca de la manguera. Así nos bautizó a todos con agua fría. Después roció agua en el aire y formó un arco iris.

Corrimos debajo del arco iris de mi Apá hasta que el patio trasero era como un tazón de sopa hecho de lodo. Cuando miré que Ángel Junior hundió sus manos en la tierra empapada, brinqué para quitarme del camino. Corrí detrás de mi Apá buscando protección. ¡Sblat! No hubo protección alguna y una bola de lodo me pegó en la cara. Mi papá no dejó que siguiéramos porque yo me estaba quejando y porque mi Amá se enfurecía cuando ensuciábamos nuestra ropa.

La mayoría de los días, mi Apá nos dejaba tomar las sobras de café que traía en su termo. Se sentaba con nosotros en el porche trasero, en su vieja banca de leña, y miraba cuando mezclábamos tres partes de leche y toda la azúcar que podíamos derretir en el café que estaba a temperatura ambiente. Le agregábamos hielo. "Café con leche me quiero casar...", empezaba una canción acerca de una chica que quería un esposo; nosotros solo queríamos café. Y nosotros, bate y bate y bate el café mientras bailábamos alrededor de la yarda. Lo servíamos en pequeñas tazas de porcelana que Silvia había lavado con cuidado, secado y guardado en el gabinete de la sala. Lo bebíamos. Las sobras hacían una deliciosa y dulce bebida de café que nos llenaba con suavidad. Silvia se daba permiso de ser una niña, pero se sentía mejor cuando le daba un nombre lujoso como "el té de mediodía". Era algo que había sacado de una revista para señoras.

Pero cuando la ambulancia se llevó a mi papá y

estábamos ahí sentados, esperando que regresara a casa, no había danza para la lluvia ni lodo, ni fiesta de té. Ángel Junior jugaba videojuegos. Clark hizo un anuncio de cartón que decía "bienvenido a casa" con el juego de pinturas que había recibido Silvia de navidad. Silvia leía un libro. Yo veía la televisión.

Para cuando llegó la tarde, yo de veras deseaba haber ido a la escuela o por lo menos al hospital. Ángel Junior desapareció y nos dijo después que intentó meterse a visitar a mi Apá. Era lo suficientemente alto para pasar como adulto, pero la recepcionista le había dicho que no, como lo había hecho el chofer de la ambulancia.

Estuvimos de holgazanes en la casa todo el día, haciendo lo que nos daba la gana. A cada hora que pasaba el techo bajaba más y más. Eventualmente se convirtió en una casa con un techo a dos pies de altura; así que, incluso siendo libres para hacer cualquier cosa, no había espacio ni deseo para movernos.

Finalmente me bajé del sofá y me paré frente Silvia. Miré por encima de su hombro hasta que volteó. Estaba molesta, pero le pregunté de cualquier forma:

—¿Tú crees que mi Apá va a volver?

—¡Ni se te ocurra pensar que no va a venir! —contestó con brusquedad y me lanzó el libro mientras se alejaba de mí dando pasos fuertes.

Cuando mi Amá regresó, nos dijo que mi Apá se quedaría en el hospital y que no sabía cuándo volvería. Dijo que no hablaba, pero que cada minuto pensaba en nosotros. Entonces empezó a llamar a la gente para informarle lo que había sucedido. Las horas se convirtieron en días y mi abuela, la mamá de mi mamá, llegó para quedarse con nosotros. Mi abuelita vivía a una distancia de nueve horas en camión, en El Florido, y era la única abuela que conocíamos. Un puñado de fotos donde nos estábamos riendo, en nuestro álbum de fotografías, nos informaba que alguna vez ella nos había caído bien. Era como mi mamá en una versión más vieja. Estaba cuadrada como una lavadora; era más estricta y religiosa que una monja. Era una versión de mi mamá que parecía amar más a la iglesia que a Dios. No era del todo mala porque le dijo a mi mamá que debería dejarnos ir a la escuela. Pero mi Amá ya había decidido que no regresaríamos a la escuela hasta que mi papá volviera.

Así que los días pasaron y poco cambió, excepto que el aire se volvió más denso con el olor a perfume de viejita: flores moribundas y alcohol. Era el mismo olor de cuando mi mamá estaba embarazada de mi hermanito. Era el olor de las cosas malas.

La Fe

CAPÍTULO
5

Mi Amá dejó que Silvia y yo fuéramos con ella a La Fe. Era la clínica del barrio. Íbamos cuando no nos sentíamos bien o cuando necesitábamos limpiar nuestros dientes o por una revisión médica o por vacunas.

Mi mamá quería platicar con el doctor Gutiérrez, nuestro doctor de cabecera. Él hablaba español y ella estaba segura de que él podría ayudarle mejor que los doctores del hospital, que parecía que la menospreciaban cuando hablaban con ella, como si acabara de cruzar el río.

La Fe no estaba tan lejos de nuestra casa como para pedir un aventón. Pero estaba lo suficientemente lejos para hacerme desear que lo estuviera. Tampoco podíamos ir en el carro porque mi Amá nunca había aprendido a manejar. De niña, ella solo había visto dos carros, y esos carros chocaron un día enfrente de la plaza y frente a las casi cuatrocientas personas que vivían en El Florido. Quedó muy impresionada. Mi Amá siempre caminaba, con la excepción de cuando tomaba el camión de vez en vez o cuando dejaba que mi papá nos llevara a todas partes.

Mi Amá era el adulto que caminaba más rápido de todo el mundo. Sus pantorrillas eran fuertes y coordinadas. No había medallas, pero ella hacía como si estuviera corriendo en una competencia. Así nos hacía llegar más rápido que el camión. Cuando nos quejábamos, ella nos decía que "no habíamos nacido en un carro".

Fue después de mediodía cuando salimos rumbo a La Fe. Se paró junto a nosotros el camión escolar que llevaba a los niños que eran demasiado pequeños para caminar solos a sus casas. Yo había usado ese camión unos cuantos años antes. El color amarillo me hizo desear ser pequeña como esos niños. Ir en ese camión significaría que todo estaba bien.

Enterré los talones en el pavimento como si me doliera ir a cualquier parte. Afuera hacía calor. Mi camiseta ya se pegaba al lado interior de mis brazos y mis calcetines estaban mojados dentro de mis zapatos.

—Ya no arrastres los pies —me dijo mi Amá. Ella odiaba que yo los arrastrara. Arrastré los pies aún más—. Apúrate y ya no los arrastres. Son tus zapatos nuevos —repetía mi Amá conforme nos acercábamos más y más a la clínica.

Cuando llegamos a La Fe, Silvia y yo nos quedamos afuera mientras mi Amá entraba a la oficina del doctor Gutiérrez. Nos asomamos a través de la puerta. Lo escuchamos decir que algo estaba mal dentro de mi Apá. Un coágulo en su cabeza cortó el oxígeno que iba al cerebro. Por eso no se podía mover. Se le llamaba embolia. El doctor Gutiérrez había hablado con los doctores del hospital, quienes le dijeron que mi Apá se encontraba estable.

Mi Amá empezó a contarle al doctor la vida de mi Apá.

—Sobrevivir está en su sangre —le dijo mi mamá. Le contó todo lo que había pasado mi Apá cuando era joven—. Su mamá murió de cáncer cuando era bebé —mi Apá nunca hablaba de su mamá, pero habíamos escuchado la historia de mi otra abuela que había conocido a la familia.

La mamá de mi papá no se quería morir. Era una mujer inteligente de la capital y sabía lo que era el cáncer. Sabía que no era como un resfriado o un dolor de estómago. Mi abuelo le decía que no llorara y luego él mismo lloraba. Se murió quizás soñando con ese pequeño hijo que no podría amar.

Mi abuelo Francisco murió varios años después de algo que la gente llamaba corazón roto. Mi Apá quedó completamente huérfano a la edad de trece años. Perdió todo. El banco se llevó el rancho. Su hermana Tina ya era grande y hacía mucho tiempo que se había ido. Mi Apá iba de un vecino a otro ayudándoles a cambio de un lugar donde dormir y eventualmente ahorró suficiente dinero para viajar en ferrocarril por el desierto mexicano hasta California. De repente se encontró en un mundo de pantalones Levi's, brillantina, inglés y confusión.

La gente murmuraba que nada bueno podría salir de un chico solitario, abandonado en el mundo. Le dijeron que nunca sería un hombre de verdad. Pero se equivocaron.

Siguió a mi tía a Los Ángeles. Nunca habían sido cercanos, pero eso cambió pronto. El esposo de mi tía Tina trabajaba en la construcción y, gracias a él, mi Apá aprendió un oficio. Eventualmente se mudó a El Paso y empezó a tener su propia familia. Trabajó por aquí y por allá hasta que inició su propio negocio de construcción.

Mi papá sobrevivió.

Mi mamá le dijo al doctor que mi papá no se paraba en la oficina de un doctor desde que era niño. Quizás era por la muerte de sus padres que no confiaba mucho en los doctores. Se mantuvo alejado de ellos durante años.

Incluso cuando nacimos nosotros, él mantenía su distancia.

—Ángel se quedaba en la sala de espera. Se

quedaba allí y decía que para eso eran las salas de espera —le dijo mi Amá al doctor. Le dijo que, en lugar de visitar las clínicas, mi Apá leía todo sobre las plantas y sus poderes de curación. Si tosía, tomaba jugo de limón con miel. Si se sentía mal del estómago, comía hierbabuena.

Hasta se tragaba una cabeza entera de ajo cada noche, pensando que eso lo mantendría saludable. Haciendo un trabajo, se había caído del techo sin quebrarse un hueso. Estaba como si nada después de que lo mordió una viuda negra que había salido del zinc de la cocina después de pasar muchos meses engordando en las tuberías. Cada vez que mi papá salía bien de algo, decía que era gracias al ajo.

Eso no quiere decir que estaba obsesionado con la salud. Aun así, comía chucherías en el trabajo, de esas que se compran en la ventana de un camión y que se comen en el carro. Y fumaba demasiado.

—¡Pero es un buen hombre!

Eso era lo que más le interesaba que supiera

el doctor.

—Le estoy contando todo esto porque él siempre ha cuidado de nosotros y ahora nosotros cuidaremos de él. Vamos hacer que se mejore —dijo ella.

Mi Amá quería saber lo que seguía. El doctor Gutiérrez le dijo que cada paciente era diferente.

—Esos son detalles que usted tiene que discutir con el hospital, si es que mejora. Lo siento. Tenemos que esperar y ver qué pasa —pero eso era lo que habíamos estado haciendo. Mi Amá se despidió de mano y le agradeció de todos modos.

—Yo tenía ganas de gritarle a ese viejo: "¡Mi papá va a mejorar!" Tiene que mejorar —me dijo Silvia en secreto cuando caminábamos de regreso a la casa.

Mi padre resistió.

ORAC*ión*

CAPÍTULO
6

De pronto llegó el domingo.

Un domingo podía ser como cualquier día. Hasta te podías divertir en domingo. Pero yo me estaba sintiendo cada vez más triste porque, al terminar el día, el domingo solo representaba una semana más. Significaba empezar de nuevo y más de lo mismo.

Mi papá no había empeorado, pero tampoco mejoraba.

Pedir que mi Apá mejorara era como pararse al fondo de un cráter, gritar hacia afuera y recibir mi propia voz como respuesta. No tenía sentido. Como no podíamos nomás pedirlo, rezábamos. Aunque no asistíamos a misa, íbamos a la iglesia.

Hacer eso, para nosotros, ya era mucho. Mi mamá por lo general nos tenía que obligar a ir a la iglesia. Nos insistía y nos insistía, lo cual hacía que menos quisiéramos ir, como cuando nos repetía que laváramos los trastes.

El único momento en que íbamos a misa sin

problema era en mayo. Cada día de mayo, las niñas menores de quince años se ponían un vestido y un velo e iban a la iglesia después de la escuela. Mi Amá lo llamaba "El Mes de María". Caminábamos por el pasillo central de la iglesia con las manos llenas de margaritas y claveles.

Las flores eran para el altar de la virgencita. Hasta me gustaba. Sólo tenía que asegurarme de estar lo suficientemente atrás en la fila para que no me pellizcara miss Micky. Ella era quien encendía las velas, repartía las flores; era muy amiga del sacerdote. Una cascarita seca. Quería que camináramos ligeras, que nos paráramos derechitas y que agarráramos las flores como si estuviéramos haciendo una ofrenda a Dios. Si no lo hacíamos así nos pellizcaba con la furia de una pequeña hormiga, agarrando suficiente piel para darnos un doloroso recordatorio sin dejarnos lesión alguna. No me sorprendió ver a miss Mickey en el fondo de la iglesia cuando entramos a rezar por mi Apá. Me senté en una de las primeras filas con mis hermanos y mi hermana. Mi abuela súper religiosa se había quedado en la casa. Ella ya había ido a misa y alguien tenía que quedarse en caso de que mi Amá nos llamara. El teléfono había sonado todo el día. Eran las hermanas de mi mamá que vivían en Juárez, mi tía Tina de California, los compañeros de trabajo de mi Apá. Además, con tal de que nos paráramos en la iglesia, a mi abuela no le importaba que fuéramos solos.

—Con que se acerquen más a Dios —nos dijo.

Me persigné. Me hinqué. Busqué palabras. Mi mente vagaba, nada se me ocurría.

Nuestra iglesia no era cuadrada con paredes blancas. Era una fortaleza construida mucho antes de que naciera miss Mickey, mucho antes de que Texas fuera parte de los Estados Unidos. Olía a vieja: madera vieja, incienso viejo y el horrible olor a viejitas.

Había muchas cosas que ver. Había lo normal

en una iglesia, cosas como murales, estatuas de santos y vidrios de colores. Si me esforzaba hasta podía ver a las monjas rezando detrás de los biombos en ambos lados del altar. La iglesia era parte de un convento y las monjas rezaban ahí varias veces al día y cantaban para las misas especiales. Si cerraba los ojos y me concentraba, podía escucharlas cantar. Eran aves encantadoras cuyo lenguaje yo no entendía, pero me gustaba el eco de sus voces. La iglesia no era un mal lugar cuando ellas estaban presentes. Aun así, la mayoría de los días sentarse en la iglesia era una prueba de resistencia, sin importar si las aves cantaran.

Me reacomodé para cambiar de pie. Miré a Silvia con sus manos juntas y apretadas. Me quedaba claro que yo también debía rezar, pero no sabía ni cómo empezar.

—Espero que estudies mucho más de lo que rezas —me dijo miss Mickey. Se había acercado atrás de mí. Envolvió su chal blanco con fuerza alrededor de sus hombros delgados.

Dije lo primero que salió de mi cabeza: —Miss Mickey, si la gente se casa para siempre en los ojos de Dios, ¿qué esperanza de volverse a casar tiene una viuda como usted?

No sé por qué le dije eso. Quizás estaba enojada porque ella me recordó la escuela.

—¡Dios te va a hacer la lengua chicharrón por hablar así! —me regañó miss Mickey. Yo sabía que Dios no convertiría mi lengua en chicharrón. Ella decía eso a los niños todo el tiempo y ellos tenían sus lenguas de carne todavía intactas. Lo que dije fue grosero, y hasta me dio pena decirlo.

—Lo siento, miss Mickey —le dije—. Es que mi papá está enfermo y...

—Ni le sigas. La mejor manera de que te sucedan cosas buenas es ser buena persona. Deja de pensar tonterías y piensa en cosas buenas, Chela —me dijo. Empujó los lentes de medio armazón y cadena colgante hasta la parte superior de su larga nariz.

Le dije gracias con suavidad. Me volteé hacia el frente de la iglesia. Me persigné. Me persigné otra vez y traté de pensar en mi papá sin las cosas que me daban miedo, mitad verdad y mitad imaginación. Apreté tanto los ojos que vi colores brillantes. Cuando miré su cara, entregué mi solicitud:

—Querido Dios, quiero ser una buena persona. Mi papá es una buena persona. De veras lo es. Usted siempre está velando por los demás. Por favor vele por él. Por favor ayúdele a mejorar. Por favor, por favor, POR FAVOR. Amén.

Lo repetí como lo haría una persona con un Ave María después de la confesión. No sabía de qué otra manera hacerlo.

Cuando llegamos a casa, nada había sucedido. Me urgía que todo fuera diferente, pero... El olor del perfume de mi abuela me recordó que ella todavía estaba ahí y mi papá todavía estaba enfermo.

Era triste como los domingos. No importaba si estabas enferma en domingo. Cuando llegaban no había mucho que hacer. Simplemente estaban ahí.

el Séptimo Día

CAPÍTULO

7

Durante la tarde del séptimo día finalmente algo cambió. Dos doctores que usaban piyama color menta salieron del cuarto de mi Apá en el hospital y le dijeron a mi mamá que lo más difícil había terminado. El martes lo darían de alta.

Mi mamá llegó a la casa esa noche y nos dijo que mi Apá estaba hablando de nuevo, que nos extrañaba y estaba desesperado por volver a casa.

La espera era difícil; pero, al menos, ahora no teníamos un signo de interrogación como el que había hecho hervir la sangre a Silvia. Ya no había más "¿Crees que mi Apá va a volver?"

El martes, después de mediodía, mi Amá entró a la sala empujando a mi Apá en una silla de ruedas de vinil azul que el hospital le había prestado. Traía puesta la sudadera que siempre usaba cuando estaba en la casa sin trabajar. La cachucha de beisbol que por lo general cubría su cabeza calva estaba en su regazo. Su cabello se había vuelto color ceniza. Se veía cansado. Tenía una sonrisa triste, pero había algo en sus ojos. A mí me parecía que él podía hacer cualquier cosa y todo a la vez.

Miré a mis hermanos y luego a mi Amá. Cuando nadie abrió la boca, corrí al lado de mi Apá. Lo abracé fuerte, fuerte, fuerte, para darle todo lo que sentía. Me rodeó con su enorme brazo y susurró que solo quería que las cosas volvieran a ser como antes.

Lo que el doctor Gutiérrez y los hombres de verde del hospital le dijeron a mi mamá fue que alguna gente que pasaba por lo que pasó mi Apá perdía movimiento en unas partes de su cuerpo, a veces todo un lado. No podían hablar y unas veces ni siquiera pensar.

Quizás fue porque mi Apá nos quería muchísimo o porque era muy necio; pero él insistía en que todo estaba bien. Le dijo lo mismo a todo el que habló por teléfono hasta que el teléfono dejó de sonar. Nos dijo que la silla de ruedas era puro show. Se paró de la silla y nos presumió, caminando en la sala. Dijo que se sentía como caminar en un tazón de gelatina.

Dijo que se sentía lento y a veces entumecido, pero todo lo que necesitaba era una buena estirada. Era casi el mismo.

Excepto que los doctores querían que tomara medicina. Él se negaba y empezó un régimen de estiramientos, comió el doble de ajo y empezó a tomar té chino de hierbas.

Con su segunda oportunidad también llegó una avalancha de "no": no trabajo, no carne roja, no sal, no azúcar, no queso, no grasa, no fumar, no, no, no. Esos "no" fueron lo más difícil para él. Mi Amá los llamaba sus tentaciones.

Ella iba a conseguir trabajo para que mi Apá se quedara en casa y mejorara. Él le estaba pasando el negocio a su amigo Tomás, por lo menos por un tiempo. Tomás había trabajado con él durante muchos años.

Otros "no" fueron más difíciles de controlar.

—Cuiden a su Apá —dijo mi Amá. Ella quería que vigiláramos que mi Apá no fumara en el baño. Nos dijo que sabríamos cuando lo hacía porque esa vez que intentó dejar de fumar, ella pudo oler el humo en las toallas de mano. Mi Amá me dijo que encontrara los cigarrillos de mi Apá y que los escondiera.

Los encontré debajo de la bañera y los eché al escusado. Mi Apá nunca dijo nada porque eso hubiera sido admitir que estaba planeando fumar.

Cuando mi Apá insistió en manejar las pocas cuadras para llegar al mercado, mi Amá insistió en una linda caminata. Ella y Clark lo tomaban de cada mano así que no tuvo otra opción. En la tienda, le recordaron que no podía comer carne roja. Regresó a casa con una bolsa de vegetales y una cruda insatisfacción en la cara.

Mi Amá sacó de la bolsa lechuga, tomates, cebollas, pepinos y limones. Picó todos los vegetales y los puso juntos en un tazón de plástico extra grande. Cortó un par de limones por la mitad y los exprimió sobre los vegetales crudos. Yo le ayudé. Abrí el refrigerador y guardé todo después de que terminó.

Entonces me dijo que le dijera a mi Apá que la cena estaba lista.

—¡Apá! —grité—. ¿Quiere que le lleve ensalada?

—Prefiero unos tacos —respondió.

Después de la ensalada vimos una película. Le grité a Silvia porque se le olvidó que las palomitas eran sin sal. Le grité. Me gritó. Yo nunca ganaba esas competencias de gritos, pero ella se arrugó todita cuando le recordé que era por mi papá.

A la hora de dormir miré para todos lados. Vi a mis hermanos pegados a la televisión junto a mi Apá. Mi papá estaba sentado en el sillón, sobando su pierna derecha. Silvia estaba parada ahí todavía con el ceño fruncido. Mi mamá ayudaba a empacar las cosas de mi abuelita para su regreso a El Florido. Después de que ella se fue a dormir, mi Amá se sentó en el sillón con su cabeza recargada en el hombro de mi Apá; yo los miré así y pensé que todo estaría bien.

Cuando le di a mi Apá un beso de buenas noches,

me dijo que estaba muy molesto porque no íbamos a la escuela solo por estarlo esperando.

—La escuela es importante, mija. Mañana te llevo yo mismo —me dijo—. Ahora, a la cama.

Le di besos de buenas noches, una y otra vez.

Aliento

CAPÍTULO
8

La siguiente mañana, mi Apá me dio un empujoncito en el hombro para que me alistara para ir a la escuela. Abrí los ojos. Estaba parado frente a mí, con sus pantalones café y la camisa que mi Amá le regaló el año anterior, cuando bromeó que era su cumpleaños número ciento cincuenta y tres.

Sentí alivio al ver a mi Apá parado ahí. Dije lo primero que se me ocurrió; le dije que me había quedado sin aliento. Mi Apá me dijo que no había problema: "Yo estoy igual, tratando de recuperar mi aliento".

Mi Amá nos dio un beso de despedida y nos deseó buena suerte en la escuela. Ella salía temprano también para dejar solicitudes de trabajo; por eso mi Apá nos estaba ayudando a prepararnos. Nuestra ropa de primer día de clases había regresado al sillón de la sala. Nos vestimos en cuanto mi mamá se fue. Mi falda especial estaba en el sillón, pero le dije a mi papá que no quería usarla. Él me dejó poner lo que yo quisiera. Me puse unos pantalones que me ayudarían a encajar en la escuela a la mitad de la semana.

Mi Apá nos dejó desayunar cereal azucarado. Por lo general solo nos dejaban comer cereal azucarado los sábados por la mañana.

—¿Por qué mi Amá está buscando trabajo?

—No quiere estar todo el día aquí aburrida conmigo —dijo mi Apá y se rió de su propio chiste.

—Yo me quedo con usted —dijo Clark.

—No, tienes que ir a la escuela y aprender mucho.

Mi Apá casi nunca nos dejaba faltar a la escuela. Era porque su papá lo obligó a dejarla cuando era muy joven y tuvo que trabajar mucho. Era trabajo duro, como acarrear granos o limpiar chiqueros. Quería que hiciéramos lo máximo con las oportunidades que él nunca tuvo.

Esos días que mi Apá estuvo en el hospital fue la primera vez en mucho tiempo que habíamos dejado de ir a clases. El año pasado yo hasta recibí un premio por asistencia perfecta. Por supuesto, no siempre fue así. Perdí 64 días cuando estaba en primer año. Pasé una buena parte de ese año en la casa con una infección en el oído y un caso agudo de "papitis". Papitis era la palabra que mi Amá usaba cuando yo no soportaba estar un minuto lejos de mi Apá.

El año en que perdí todas esas clases, Clark aún era bebé. A mi Amá se le iba todo el tiempo atendiéndolo, y mi Apá era el que se encargaba de nosotros. Si yo me sentía un poco enferma me levantaba muy temprano y brincaba encima de la panza de mi Apá, que era como una montaña.

—Déjame ir al trabajo contigo, Apá —le rogaba, brincando en su panza y mirando cómo se movía.

—Cuando tenía tu edad, yo quería ir a la escuela, ¿sabes? Me encantaba la escuela. Caminaba 20 millas a través de la nieve cada día solo para llegar ahí —dijo. Yo no sabía que nunca nevaba así en Chihuahua.

De todos modos, le rogaba y rogaba para que me dejara quedarme con él. Algunas veces se rendía:

—Está bien. Hay que alistarnos entonces —decía. Se ponía su ropa de trabajo y yo me ponía ropa cómoda. Se ponía su casco y nos íbamos a trabajar.

Conforme fuimos creciendo, faltar unos días a la clase de matemáticas se empezó a notar en nuestras calificaciones, y mi papá ya no nos dejó quedarnos en casa.

Cuando Clark suplicó quedarse con él ese primer día de escuela después de su embolia, la respuesta fue un NO con firmeza.

Después de que comimos, Silvia nos llevó a Clark y a mí afuera. Nos regañó porque molestamos a mi papá sobre quedarnos en la casa. Si lo seguíamos molestando o si llorábamos solo haríamos que se sintiera mal. ¿Acaso queríamos que se sintiera mal?

A punto de salir, mi Apá revisó nuestras mochilas para asegurarse de que teníamos todas las cosas necesarias. Como mi mamá había escondido las llaves de su troca, mi Apá nos llevó caminando a la escuela, y no dejó que Clark se subiera al camión de los niños pequeños, sino que dejó que caminara con nosotros. Lo llevó de la mano todo el camino. Mi Apá dejó que Silvia y Ángel Junior entraran solos a su escuela. La secundaria estaba exactamente frente a la primaria, nomás al cruzar la calle. Mi Amá les había llamado para explicarles todo.

No fue tan fácil para Clark y para mí. Mi Apá nos encaminó a la oficina del director. Le gustaba entrar y saludar a todos cuando nos dejaba. Las señoras lo conocían. También sabían del hospital porque mi Amá le había dicho a la secretaria del director, y a las señoras de la oficina les gustaba el chisme. Le dijeron a mi Apá que les daba gusto tenerlo de vuelta. Cuando mi Apá le dio a Clark un abrazo de despedida y se fue, Clark se puso a llorar. No eran unas lagrimitas. Era llanto total. Yo también quería llorar. ¿Qué tal si mi papá no estaba en casa cuando regresáramos? ¿Qué tal si esta vez no estábamos ahí? Yo estaba tan aterrada como Clark, pero recordé lo que Silvia me había dicho. Le susurré a Clark en el oído. Le dije que dejara de llorar o las señoras de la oficina tendrían que llamar a mi papá. Entonces eso haría que él se sintiera mal. Clark se tranquilizó y yo caminé con él hasta su salón de clases. Entonces sonó la campana, así que corrí a mi primer día de clases.

JUAN
&
RECI
IREVER

SOUTHSIDE
BEARS
#1

CHIQUITA

CAPÍTULO
9

Para cuando empecé el sexto grado, me sentía bien burra. Habíamos perdido un poco más de una semana de escuela. Nada era como debía ser. No sabía cómo explicarlo, pero me sentía muy chiquita.

Me sentía como la niña nueva, aunque estaba en la misma escuela a la que había ido toda mi vida. Hasta me tocó la silla fea que sobraba. Tenía un tubo de metal torcido que llegaba hasta un pedazo de madera que parecía que había sido atacado por unos corajudos pájaros carpinteros. Colgué mi mochila en la silla fea y puse mis cuadernos y mi carpeta en la canasta oxidada que tenía debajo. No me quedaba de otra.

Me senté hasta atrás en el salón de clases, desde donde ni siquiera alcanzaba a ver el pizarrón. Lo más que podía ver de mi mejor amiga Nora era la parte de atrás de su cabeza. Y probablemente no podría platicar con ella hasta la hora del lonche. Me hipnotizó el tic tac, tic tac del reloj.

—Ahora guarden sus libros. Es hora de ir a la

cafetería —dijo en inglés finalmente la profesora, miss Hamlin. Sacó del cajón de su escritorio sus llaves y una pequeña bolsa de plástico llena de pequeñas zanahorias.

Miss Hamlin no era como las demás maestras que yo había tenido antes. Parecía una chica de preparatoria. Su cabello era corto y rizado en las puntas. No era mucho más alta que un niño de sexto año. Tampoco hablaba español así que probablemente no había crecido en El Paso. Una vez al día cambiábamos de maestros con otro grupo. Ella enseñaba ciencias sociales. El profesor del otro grupo, el señor Guerrero, nos enseñaba español. Y yo, por supuesto, ¡lo sabía a la perfección!

Cuando miss Hamlin apagó la luz, guardamos los libros y pusimos la cabeza en los escritorios. Yo me quedé calladita como un ratón con mi cabeza abajo. Esperé que miss Hamlin dijera mi nombre. "Miguel, Roy, Aarón..." La miss empezó a decir nuestros nombres. "Ollín, Izcalli, Arturo, Brenda, Antonia, Nora, Camila...", siguió.

Sí. Después de todo, Camila no había cambiado de escuela. Quizás le asustó no conocer a nadie en la escuela privada.

Mi propio nombre tamborileó en mi cabeza, pero no en la voz de miss Hamlin. Las voces reales se alejaban y alejaban, y el tic tac se volvió más y más fuerte. Empecé a imaginar lo que estaría haciendo mi papá en casa. La puerta se movió y se cerró con llave antes de que me diera cuenta. Salté de la silla. ¡Todos se habían ido! Traté de abrir la puerta. Estaba cerrada por fuera. ¡Se habían olvidado de mí!

Caminé hacia la ventana y moví las persianas. Al otro lado de la ventana estaba una hilera limpia de nuevos salones modulares. Regresé a mi mesabanco. Saqué mi caja de lápices y escogí el lápiz con el borrador más grande. Calqué las palabras talladas en la madera mientras pensaba en lo que haría. "Juan y Cesi para siempre. Southside Bears #1". Aplasté el papel contra la madera siguiendo las marcas. Froté las palabras hasta que se volvieron pequeños rizos de mugre.

Mi papá probablemente estaba comiendo cartón de almuerzo y se sentía tan mal como yo. Miré el reloj y su brazo largo, haciendo tic tac, debajo de la luz del sol que entraba por una de las persianas rotas. Sorprendentemente solo pasaron cinco minutos.

Escuché que la manija de la puerta giraba. Rápidamente guardé el lápiz y la caja dentro del escritorio. Me paré muy derechita. Corrí hacia la puerta.

—¡Chela! ¿Qué haces aquí? —exclamó miss Hamlin—. ¿Cómo entraste?

—¡Nunca me fui! Nunca dijo mi nombre —yo la miraba.

—Oh Chela, se me olvidó que empezabas clases ahora. Ven. Qué bueno que vine por mi cuaderno de calificaciones.

Recogió sus cosas y salimos corriendo a la cafetería. No sé lo que sucedió, me dijo. Se disculpó cinco veces antes de ir al salón de los maestros. No dije nada. Todavía quería caerle bien.

Cuando llegué al frente de la cafetería, vi a un hombre de sombrero que estaba parado junto a la puerta. ¡No lo podía creer, era mi Apá! Corrí hacia él.

—¿Qué pasa? —le pregunté.

—Vamos a ir de pícnic —me dijo. Ya había hablado con las señoras de la oficina sobre sacarnos de la escuela para ir a comer. Silvia, Ángel Junior y el flaquito Clark esperaban afuera.

Salimos de la escuela por la puerta principal. Ahí estaba su troca estacionada frente al pequeño parque que estaba delante de la escuela. Había buscado las llaves toda la mañana hasta que finalmente las encontró. Abrió las puertas de la troca y sacó un par de las bolsas rojas y blancas dc Whataburger.

—¡Whataburger! —exclamó Clark.

—No se preocupen, solo me voy a comer un sándwich de pollo a la parrilla —dijo mi Apá cuando Silvia empezó a molestarlo por la comida y la manejada. A veces era más latosa que mi Amá.

Mi Apá me cerró el ojo. Me senté junto a él en una de las bancas del parque y sonreí con una sonrisa más grande que yo misma. Me olvidé de mi profesora olvidadiza. Yo estaba con mi papá y era lo único que importaba.

CLONES

CAPÍTULO
10

Esa tarde, terminé el trabajo de clase antes que todos los demás y miss Hamlin me dio permiso de usar la única computadora que tenía el juego Oregon Trail. Era un juego donde la gente fingía que eran colonizadores y cruzaban un río, se casaban, escribían sus nombres en las montañas y todo lo demás.

Nora se acercó cuando terminó su trabajo. Noté que había algo distinto en ella mientras se acercaba, pero no sabía qué era. No habíamos estado frente a frente en todo el día. Quería contarle de mi papá, que había llegado del hospital y después del pícnic. No había platicado con ella desde antes de que él se enfermara.

Antes de que pudiera decir algo, Roy, a quien todo mundo consideraba el más guapo de la escuela, se nos acercó. Miró el juego en silencio, esperando de su turno. Los tres estábamos callados hasta que Nora lo miró y le dijo:

—¡Oye, Roy! Chela me acaba de decir que piensa

que eres muy guapo. Escribió tu nombre en uno de los caminos del juego.

Yo ni siquiera había abierto la boca, mucho menos para hablar de un chico. No entendía por qué le había dicho eso. Mi corazón cayó dentro de mi zapato. Hice como que no había escuchado. Miré hacia enfrente, entonces me paré y tomé el pase para ir al baño. Ni volteé a ver a Roy.

Corrí al baño de las niñas y cerré la puerta. No quería pensar. Encendí la secadora de manos y el agua del zinc y los dejé que corrieran. Jalé la palanca de los rollos de papel hasta que no quedó nada. Ni siquiera escuchaba la secadora o el agua. Solo el golpeteo de mi corazón dentro de mi zapato. Mi pie bombeaba galones de sangre directamente a mi cara.

Alguien tocó la puerta, después sacudió la manija.

—Chela —dijo miss Hamlin—. Necesito que regreses el pase.

Le di el pase bajo la puerta y escuché que se iba. La miss era joven pero también era vieja, no podría ayudarme. Cuando me volví tan transparente que desaparecí dentro de los azulejos del baño, abrí la puerta. Nora estaba recargada contra la pared, junto al baño. Tenía una sonrisa culpable y chueca que me recordaba cuando había perdido el suéter favorito de su hermana.

—No me sonrías —le dije, lanzándole una bola de papel.

—No te enojes. Ya sonó la campana —dijo—. Sólo estaba bromeando. Quizás me pasé de lista. Escucha, creo que deberías saberlo. A la hora del lonche, Camila me invitó a que fuera parte de su grupo. No sé por qué, pero no le caes bien, así que no puedo ser tu amiga. Lo siento.

Tomó su mochila y se alejó caminando.

La pude haber seguido, pero ¿qué podría decirle? Yo no podía competir. Camila hacía que la gente fuera instantáneamente popular. Cualquier persona que pasaba tiempo con ella se daba a notar. Todo mundo la conocía, hasta los maestros. Así había sido siempre. Al principio era por su familia. Su hermano y su hermana enseñaban en nuestra escuela, su primo era maestro sustituto. Su mamá era presidenta de la Asociación de Padres de Familia.

Aparte de ello, Camila era casi perfecta. "Qué amable" y "qué inteligente", decían los maestros acerca de ella. Siempre había sido una estudiante Clase A y siempre ganaba el concurso de ortografía. Era probablemente la chica más bonita del sexto grado. Su cabello largo, negro y brillante caía más abajo de su cintura. Tenía ropa como la que usaban las muñecas Barbie.

La mayoría de las niñas de la escuela querían ser como ella. De repente entendí lo que Nora tenía de diferente. Desde cierto ángulo, ya se parecía a Camila. La misma ropa. Los mismos zapatos.

Nora caminó hacia donde se reunía el grupo de Camila después de la escuela. No miró hacia atrás.

La seguí a través del laberinto de niños que salían del edificio hasta que ya se volvió otro niño entre la multitud. Aquélla que había considerado mi mejor amiga la mayor parte de mi vida, ya no parecía la misma persona.

Nora y yo nos conocimos en el kínder. Entonces también éramos amigas de Roy y de su mejor amigo Miguel. Éramos amigos como solo los niños más pequeños podían serlo. Manejábamos juntos nuestras bicicletas. Íbamos a la tienda de la esquina juntos. Si el empleado se distraía por un momento, Miguel y Roy fingían que buscaban algo, tomaban un dulce de un centavo entre sus dedos y cerraban la mano mientras salían. Afuera, abrían la mano y caían besos de chocolate Hershey's en nuestras manos.

En cuanto nos volvimos demasiado grandes para esos viajes, Nora y yo empezamos a ver telenovelas después de la escuela en mi casa. Las telenovelas eran historias de Cenicienta. En *La Fiera*, nuestra favorita, una chica pobre conocía a un chico con dinero y se enamoraban. Los familiares de él odiaban a la chica hasta que descubrieron que ella siempre había sido muy rica. Por supuesto, viven felices para siempre.

Nora siempre había querido estar "enamorada" como en las telenovelas. Una vez hasta se había medio enamorado de Miguel, con todo y pecas. Entonces fue que se le metió a la cabeza que a mí debería gustarme Roy. Él tenía unos ojos grandes y cafés; además, su apellido era González, como el mío.

—Si te casas con él puedes conservar tu apellido, igual que mi prima Irma. Mientras tanto, se podrían dar un beso —dijo Nora. Ella estaba obsesionada con los chicos desde que había visto a su hermana besarse con su novio. Camila también hablaba de besar chicos todo el tiempo. Ella y Nora serán grandes amigas.

Caminé a casa sola y no le dije a nadie acerca de las cosas malas que me habían sucedido durante el día. Me molestaba, pero Silvia había dicho que no le diera preocupaciones a mi Apá. Quizás no quería creer que fuera verdad: que Nora había intentado avergonzarme, que Nora había intentado olvidarme, que Nora ya se había olvidado de mí.

HAMBRE

CAPÍTULO
11

D ecidí que odiaba la hora del lonche.

No odiaba la comida. Odiaba ir a la cafetería sola.

Los niños más chicos de la escuela, como Clark, comían su lonche dentro del salón de clases. Tal vez lo hacían ahí para que no se perdieran como borregos. Yo deseaba que fuera también así en nuestra clase. A esos chicos no les preocupaba con quién se iban a sentar. Sólo se sentaban en sus mesabancos. Ahí era donde bebían su leche y comían sus nuggets de pollo o peleaban con sus profesores sobre lo que no querían comer. Luego regresaban a su trabajo de clase.

Los chicos más grandes comíamos en la cafetería, en mesas que se asignaban según la clase. Nosotros decidíamos con quien nos sentábamos.

Al mediodía siguiente, miss Hamlin nos pidió que bajáramos la cabeza. Yo tenía la esperanza de que se olvidara de mí otra vez o de que mi papá viniera para invitarme a otro pícnic. La miss empezó a llamar a los estudiantes para que hicieran una fila. Mencionó mi nombre y asintió con la cabeza cuando tomé mi mochila y me paré. Era como si estuviera orgullosa de haberme recordado.

Hice lo posible por estar lo más cerca al final de la fila. Me imaginé agachada y metiéndome al baño para esconderme y no tener que sentarme sola. Ya no tenía con quien sentarme desde que Nora había decidido cambiarme por otra. Apreté mi mochila a mi pecho. Como yo estaba actualizándome con el trabajo escolar de las primeras semanas, tenía la esperanza de que eso me ayudara a no verme ni sentirme tan sola mientras comía. No sabía cómo le haría para sobrevivir la hora del lonche ese día.

Miss Hamlin nos encaminó al mostrador y nos miró cargar nuestras charolas con meatloaf, leche y cartones de jugos. Nos guió a nuestra mesa. Cuando otra maestra se acercó, empezaron a platicar.

Nora ya estaba sentada con Camila, Brenda y

Toña. Había dejado de usar lentes. Picaba la comida y sus ojos me evitaban.

—Sería horrible no tener amigos. Me da mucho gusto que nos tenemos las unas a las otras —dijo Camila cuando pasé junto a ellas.

Nora y yo nos teníamos la una a la otra.

Nora me había dicho que no sabía por qué yo no le caía bien a Camila. Yo tampoco lo entendía, pero Camila me odiaba tanto que se había robado a mi mejor amiga. Ella ya tenía su grupo. Brenda y Toña, las otras chicas que siempre la acompañaban, y que eran copias al carbón de su líder. Ellas eran como todas las demás chicas de nuestra escuela que querían ser como Camila; pero Brenda y Toña conocían a Camila desde hace más tiempo. Eran quienes más se parecían a ella con su cabello largo y su ropa de Barbie.

Ahora Nora era una de ellas también. Se había convertido en una chica popular.

Me senté sola al final de la mesa. Traté de comer, pero mi lengua estaba tan seca que no podía ni pasarme el bocado. Bebí un sorbo de jugo y tiré el resto de mi comida.

Todas las demás chicas de mi grado salieron corriendo al patio de la escuela tan pronto terminaron de comer. Yo las miré a través de las ventanas dobles que llegaban hasta el techo de la cafetería. Los chicos jugaban kickbol y canicas. Las chicas se sentaban en grupos y charlaban. Tal vez platicaban acerca de cuáles chicos les gustaban ese año. Yo no salí. Me senté en la cafetería y trabajé en mis problemas de matemáticas hasta que sonó la campana.

No fue difícil actualizarme con la tarea que perdí esas primeras semanas. Me concentré más que nunca en mi trabajo. No había nadie que me distrajera durante el recreo o a cualquier hora. No había nadie que me hablara bajito en la clase ni con quien sentarme para intercambiar notas. Tampoco tenía nadie con quien caminar a casa.

Por eso fue que decidí esperar a Silvia y seguirla

hasta la casa. Ella estaba con una de sus amigas y bastante molesta de que yo estuviera ahí. Caminaba muy rápido y varios pasos adelante de mí, como si no me conociera.

Hubiera sido lo mismo caminar sola. Eso es exactamente lo que haría el siguiente día.

Mi papá nos preguntó cómo nos fue en la escuela. Yo sonreí y traté de decir lo menos posible sin mentir. Le dije que sirvieron meatloaf y evité cuidadosamente decirle que me lo había comido.

—Pero todavía tengo hambre —agregué.

Mi Apá había perdido unas cuantas libras en el hospital y me dijo que lo entendía. Había mucha comida casera que él ya no podía comer así que siempre tenía hambre.

—Extraño el mole, las enchiladas, las gorditas, los chiles rellenos y el menudo —dijo. Extrañaba todas las cosas que tenía prohibidas: salsas enchilosas, comidas fritas y carne de puerco—. Cuando vine por primera vez a los Estados Unidos era un poquito mayor que Ángel Junior. Viajé por todo el suroeste y viví en media docena de pueblitos antes de llegar a California, donde vivía tu tía. Muchos de esos pueblos ni siquiera habían visto un burrito. Servían carne salada en trozos, pan blanco y un puré de papa aguado, sin mantequilla. Eventualmente, te llenas hasta con la comida que no te gusta.

No me refería a eso. No me molestaba la comida de la cafetería.

—El meatloaf no estaba tan malo —le dije—. Además, mi maestra me dice que comer nos hace más altos.

Por supuesto, lo que había dicho era que necesitábamos comer porque estábamos creciendo.

—Está bien, yo siempre les creo a las maestras. Te voy hacer algo de comer —dijo y entramos a la cocina. Me paré junto a él y me medí con la mano: yo le llegaba hasta la barbilla. Estaba casi tan alta como Silvia.

—Ya verá, estaré de su tamaño para cuando terminemos de comer —dije y nos reímos.

Mi Apá y yo nos sentamos y platicamos acerca de todas las cosas que enseñaban en el sexto grado. Había porcentajes, volumen, área, células, animales, Confucio y dioses griegos. Mientras tanto, me hacía un licuado de fresa. Nos lo tomamos casi de un solo trago. No eran enchiladas ni gorditas, pero después de eso ya no me sentí tan vacía.

AmériCa

CAPÍTULO
12

Mi Amá preparó la cena. Tenía algo que anunciar. Su amiga le había conseguido trabajo en un asilo de viejitos. Mi Apá preguntó si era algo parecido a lo que hacía con él.

—¡Tú no estás viejo! —le respondió.

Mi mamá se casó con mi papá cuando ella tenía diecinueve años y él, treinta. Ella nunca había trabajado aparte de ser la patrona de nuestra casa.

—Ya sé que ustedes no quieren que yo trabaje, pero tenemos cosas que pagar. Yo quiero ayudar —dijo mi Amá.

Entonces mi Apá también hizo sus propios anuncios. La señora Ortega, una de sus clientes de más tiempo, le estaba pagando una deuda con un terreno. Mi Apá dijo que vendería una parte del terreno para construir una casa para nosotros en lo que restaba. El lote estaba solo a dos cuadras de la casa que estábamos rentando. La casa que no era nuestra.

—Todavía no estás bien para trabajar en algo así —dijo mi Amá.

Pero mi papá declaró que nunca había sido ese tipo de persona que vive o muere según las predicciones de los demás.

—Todavía no estoy muerto —le dijo—. Tú quieres que yo sea como uno de tus viejitos que vas a cuidar. Esto es algo que yo debí haber hecho hace mucho cuando teníamos todo el tiempo del mundo. Era lo que siempre habíamos planeado. Por eso decidimos quedarnos. Claro que puedo hacerlo.

A lo que se refería era la razón por lo que ellos habían decidido aplicar para ser ciudadanos americanos. Yo no entendí la primera vez que nos explicaron sobre la ciudadanía americana. ¿Qué cambiaría si ya prendíamos cohetes el 4 de julio y festejábamos con carne asada?

Antes del papeleo, cuando la migra le decía a mi Apá que no tenía permiso de estar en un lugar y le preguntaba de dónde era, él siempre les decía que era americano. Para mi Apá eso no era una mentira. No era una mentira decirse americano porque América era un solo continente.

–Yo nací en América –dijo–. Además, Texas era parte de México.

Yo no culpé al tipo de la bórder patrol por su ignorancia. Yo misma, hasta el primer día de kínder, cuando nos enseñaron el juramento, pensaba que Texas era parte de México.

Una de las primeras cosas que mi Apá descubrió cuando empezó a vivir en El Paso, era que ahí casi todos eran mexicanos, así que nadie te molestaba por serlo. Pero sí te podían molestar por haber nacido en el Otro Lado. La gente que nació en Juárez era como los niños de tercer grado o peor que eso. La gente que había nacido en los Estados Unidos era como los de sexto grado. Se sentían más grandes y más importantes, así que molestaban a los de tercero.

No era que mi Apá se avergonzaba de haber nacido en el Otro Lado o que quisiera haber nacido en los Estados Unidos. Ésa no fue la razón por la que eventualmente se volvió ciudadano. Tampoco quería que nosotros nos avergonzáramos porque él había llegado de El Florido ni porque después había cruzado por Juárez. Él nos enseñó que nosotros debíamos estar orgullosos. Nos enseñó acerca de personas ejemplares como Benito Juárez, el presidente más importante de México. Quería que supiéramos tanto de él como de George Washington.

La ciudad mexicana del otro de la frontera se llamaba así en honor al presidente Juárez. La única otra persona que nos había enseñado acerca de eso había sido mi profesora de segundo año, miss Juárez. Cuando salíamos de clase, los otros chicos gritaban "¡ahí vienen los niños de Juárez!" También nos llamaban "juareños", lo cual era un insulto. Nos llamaban juareños como si nos estuvieran diciendo perros.

—La palabra correcta para la gente de Juárez es juarense —dijo mi papá.

Cuando nuestra maestra de segundo año

escuchó que los niños se burlaban de Juárez y también de su propio apellido, nos dijo que no les hiciéramos caso. Nos dijo que Juárez había sido un héroe que luchó contra los franceses que invadieron México. Luchó por la igualdad de todos los mexicanos. Luchó para que hubiera mejores doctores y escuelas. También nos dijo que había hecho mucho por ayudar a los pobres.

Yo ya sabía de Juárez por mi papá. Juárez había sido un indio zapoteco. Sus papás habían muerto cuando él era bebé. Había crecido pobre y su vida había sido dura. Pero nunca se rindió. Eventualmente se volvió presidente de su país.

Algunas veces, miss Juárez nos pedía que pensáramos en los buenos recuerdos de Ciudad Juárez, porque todos los que vivían en El Paso habían vivido ahí o por lo menos lo habían visitado. Dibujábamos retratos de lo que se nos ocurría y ella puso calcomanías de caritas felices en nuestro trabajo. Yo dibujaba retratos de mi papá comprándonos paletas de pistacho o tortillas de maíz recién hechas y enrolladas con sal. Dibujaba retratos de mis tías Tere y Belén cuando nos visitaban, las hermanas de mi mamá que ahora vivían ahí.

La noche del gran anuncio, me senté junto a mi Apá después de la cena y le pregunté si extrañaba las paletas de pistacho.

—Pronto vamos ir a Juárez para comer un cono, mija —dijo mi papá.

Mi mamá me regañó cuando mi papá salió de la habitación. Me dijo que no comiera pan delante de los pobres. Le dije que yo solo comía lo que ella me daba y que ya había terminado de comer. Me dijo que ella quería decir que no debería hablar con mi papá acerca de la nieve de pistacho y hacerlo desear cosas que ya no podía comer. Con un susurro fuerte mi mamá me recordó que mi papá ya no era el mismo exactamente.

Pero mi Apá trataba con mucho esfuerzo de

mostrarnos que sí era el mismo. Esa noche escuché que afuera estaba preparando su mesa de trabajo. Escuché la conversación que tuvo con su sierra de mesa. Estaba parado ahí, con su cintura ancha recargada contra la mesa; su naciente barba perdiéndose en el humo de un cigarrillo secreto. Cantó una canción romántica de Pedro Infante. Así fue como mi Apá empezó a construir nuestra casa.

Chiple

CAPÍTULO
13

Mi Apá se ofreció a llevarme a la biblioteca el siguiente fin de semana. Era uno de sus lugares favoritos y eso me daría algo que hacer. Me actualicé con los trabajos de la escuela en unos días y lo que nos dejaban se iba tan rápido que cada vez era más difícil y más difícil extrañar a Nora. Todavía quería hablarle, pero ella ni siquiera volteaba a verme. Camila era la reina del Sexto A. Ninguna chica de la clase se me acercaría a menos que Camila lo hiciera. También a ellas podría quitarles sus amigas.

En cambio, el año anterior yo tenía muchas amigas. Angélica, Bianca, Clarisa, Yaretzi, Nora y yo nos burlábamos de las chicas del Quinto A, a sus espaldas, cuando estábamos en el Quinto B. Jugábamos futbol, basquetbol y kickbol juntos en la clase de Educación Física. También comíamos el lonche juntas y nos reuníamos unos minutos después de la escuela para hablar de la tarea que nos habían dejado.

No estaba segura por qué ya no éramos amigas, pero la gente de distintas clases en realidad nunca se juntaba. Habría sido diferente si cualquiera de ellas hubiera vivido cerca de mi casa, porque entonces habríamos pasado el tiempo juntas después de la escuela. Pero todas esas chicas vivían más allá del puente de Cotton Street. A mí no me daban permiso de cruzarlo sola.

Necesitaba encontrar otra cosa qué hacer con mi tiempo libre, así que encontré un libro en la sección de niños de la biblioteca Armijo. Tenía unas trescientas páginas. Era probablemente el libro más gordo que tenían. No había imágenes dentro o en la portada. Ni siquiera tenía una sobrecubierta. La bibliotecaria, una señora que parecía escoba, lo vio levantando las cejas cuando yo lo saqué para llevármelo. Poco antes de escanearlo me dijo que ese libro era demasiado "grande" para mí. No importaba que lo haya encontrado en la sección de niños.

Lo tomé del mostrador y no dije nada. Me senté

en la sala de lectura con mi papá y lo revisé por un rato. No era fácil de leer. Tomé un diccionario y copié las palabras que no conocía y que quería entender. Era una historia triste sobre una niña inmigrante durante el tiempo de los pioneros.

Cuando llegué a casa, llevé el libro y el diccionario a la sala; luego a la cama, cuando anocheció. Lo leí con una lámpara de mano debajo de las cobijas.

Esa noche, el universo estaba oscuro a pesar de la rebanada de luna y mi pequeño haz de luz. Leí hasta que mis pesados párpados me jalaron a otro lugar. Y había terminado casi la mitad cuando lo lleve al baño en la mañana siguiente para cepillarme los dientes. Caminé con él en una mano y mi cepillo de dientes en la otra.

—Leer es bueno. Ese libro puede ser tu nuevo mejor amigo —dijo mi Apá.

—Eso que ni qué, porque ella no tiene amigas —dijo Silvia y se rió.

Por supuesto, él no sabía nada. Sabía que me la

pasaba mucho tiempo en la casa, pero no le había dicho nada de Nora. Silvia era la que nos había dicho que no lo preocupáramos; pero ella no tenía cuidado con la verdad.

—Eso a ti qué te importa —le dije con la boca llena de pasta dental. La empujé para poder escupir en el zinc. Caminé hacia la sala totalmente vestida. Mi papá me detuvo y me preguntó si estaba bien.

Necesitaba platicar con alguien así que finalmente le dije a mi Apá que las chicas de la escuela me odiaban. Le dije que Silvia tenía razón. Le dije que me sentía como esos perros abandonados que Silvia y yo vimos cuando fuimos a la perrera. Todos esos huérfanos nos decían "escógeme a mí". Le dije que yo quería que alguien se apurara y me escogiera a mí mientras unas lágrimas cálidas salían de mis ojos.

—Yo te escojo ti —dijo mi Apá y apretó mi hombro como si estuviéramos entrando a un partido de futbol. Sonrió. Algunos creerán que me dijo algo inútil, pero con ello levantó algo oscuro y pesado que me estaba hundiendo. Entonces yo le sonreí de regreso. Lo abracé e intenté que mis brazos cortos rodearan completamente su panza. Le dije que lo quería mucho.

Mi Apá se fue a vestir. Cuando escuché que llegaba a la puerta, me sobé el oído y le dije:

—Apá, me duele el oído —quería que recordara aquella vez que me dejó faltar a la escuela cuando era muy pequeña. Quería que me dijera que podía quedarme para ir a ayudarle en la nueva casa. Con la ayuda ocasional de Tomás, trabajaba en la casa todo el día hasta que regresábamos de la escuela. Luego nos cuidaba en la tarde hasta que mi Amá volvía de su nuevo trabajo.

Me quejé de mi oído, pero mi Amá me oyó primero. Me regañó porque siempre era chiple con mi papá.

Y la verdad es que sí estábamos un poco chiqueados. Se aseguró de que mi papá no la escuchara y entonces remató:

—Si te duele tanto, te dejo que faltes un día de escuela —dijo ella—. Te voy a poner una bola de algodón con Vick's en la oreja. Te puedes quedar acostada en la cama todo el día. Pero ni se te ocurra MOLESTAR a tu papá. No puede andarse preocupando por ti. Ándale, ve y tráeme el Vick's del botiquín del baño.

Como Silvia, también ella me hizo sentir culpable. Tomé la bola de algodón, me vestí, levanté mi libro gordo y seguí a Silvia a la escuela. No quería molestar a mi Apá.

La Calle

CAPÍTULO
14

Después de la escuela, Silvia le preguntó a mi Apá si podía dar una vuelta a la manzana. Le dio permiso con la condición de que me llevara. La única manera que mis papás nos dejaban ir a cualquier lugar, aparte de la escuela, y más allá de tres cuadras, era acompañándonos. Ahora Silvia solo iba unas cuantas cuadras adelante de la casa; pero así era como mi Apá la castigaba por haber sido mala conmigo en la mañana.

—Tienen que aprender a llevarse bien —le dijo mi Apá.

—Ponte tus zapatos y vámonos —ordenó Silvia, cortante, cuando entró al cuarto. Luego, cuando se dio cuenta que mi Apá todavía la miraba, me mostró una sonrisa plástica y hasta me ayudó a encontrar mis zapatos.

Caminamos más allá de los apartamentos de viejitos y del edificio San Jacinto, que solía ser una escuela. Caminamos dos cuadras en dirección al Dairy Queen. Un anuncio gigante rojo con números y letras pegados, anunciaba banana splits en oferta por noventa y nueve centavos.

Se me hizo agua la boca. Nunca íbamos ahí. La única nieve que comíamos era la de pistacho en Juárez. Si queríamos banana splits, los hacíamos nosotros con el helado que comprábamos en el mercado en recipientes de un galón, plátanos, jarabe de chocolate y mermelada de fresa.

Entramos al Dairy Queen y Silvia sacó su monedero. Acercó su cara lo más que pudo a la bolsita de monedas que traía en la mano, se puso sus lentes de a-veces, contó y rápidamente se los quitó cuando terminó. Sacó un dólar en monedas de diez centavos y lo puso en el mostrador.

—Sólo tengo suficiente para mí —me dijo—. Vamos a tener que compartir.

Pensé que su compartir significaba que tal vez empezaríamos a hacer cosas juntas. Quizás en verdad se sentía culpable por ser mandona y burlarse de mí. Pero yo también tenía un dólar.

Saqué un billete de la bolsa trasera de mi pantalón y se lo enseñé.

Silvia me miró como diciendo "¿de dónde sacaste eso?". Le dije que lo había sacado de la alcancía de cochinito. La verdad es que no tenía una alcancía de cochinito sino un frasco viejo de mayonesa en el cajón de mis calzones, en el que guardaba casi nueve dólares que había ahorrado. Silvia se encogió de hombros y guardó su cartera.

Nos sentamos en un reservado que estaba frente a las grandes puertas de cristal. Clavamos nuestras cucharas. Entonces fue que lo vi. Un chico de secundaria entró al Dairy Queen. Se notaba que era de secundaria porque usaba una de esas camisetas verdes que eran parte del uniforme del equipo de beisbol.

Silvia me dio un codazo. Fruncí los labios para hacerle una cara fea. Yo no era buena chaperona así que hice justo lo que ella indicaba. Agarré mi nieve y me fui.

El chico de secundaria se acercó a Silvia, se sentó y empezó a coquetear incluso antes de que yo me saliera. Creo que ella ya sabía que iba a venir.

Me acerqué a la orilla de la banqueta y me senté en el pavimento. El aire de afuera estaba lo suficientemente fresco para evitar que mi nieve se volviera leche. La saboreaba mientras veía pasar los camiones.

Soñé despierta que me subía a uno de esos camiones y que me iba a cualquier lugar. No importaba que no me dieran permiso de subirme sola a un camión. Podía subirme al camión de la escuela cuando era más chica, pero eso era distinto.

—No me gusta que te subas a los camiones públicos con todos esos locos —decía mi Apá.

Ser chofer de camión fue uno de los muchos trabajos que hizo antes de empezar a construir casas. Por lo tanto, conocía muy bien a los locos.

Una vez vimos a una mujer despeinada, ladrando y mordiéndose el hombro en una parada del Centro.

—Esa podría sentarse junto a ustedes la próxima vez —nos dijo.

Mis papás pensaban que yo estaba muy chica. Esa era siempre la razón por la que yo no podía o no debía hacer algo.

Me puse a pensar a qué lugares ir. Podría ir a donde iba la Güera. Ella era una de nuestras primas de El Florido que limpiaba casas en el lado oeste, donde vivía la gente rica. La llamábamos así porque parecía una chica blanca con su rostro rosado y amigable, ojos azules y cabello medio rubio como esas chicas de California que aparecían en las portadas de las revistas. Excepto que cuando abría la boca, salía un español perfecto. Un día, la Güera decidió mudarse a Los Ángeles y convertirse en una auténtica chica de California.

Yo quería ir a un lugar así. Y ¿por qué no? Mis papás no siempre habían vivido en El Paso. Se habían mudado aquí y algún día también yo podría cambiarme a un lugar lejos. Iría a una nueva escuela y haría nuevos amigos.

Supongo que si yo les hubiera dicho eso, me habrían dicho que, en aquel entonces, ellos eran mayores, y que ahora yo era muy chica para pensar tales cosas. Pero yo solo quería una vida nueva.

EN VOZ ALTA

CAPÍTULO
15

No me fui lejos, pero seguí soñando con ello, especialmente en la mañana que leímos acerca de Atenea.

En mi clase bilingüe de quinto año todo mundo hablaba chistoso como yo. Pero los niños que habían estado en las clases A desde kínder eran diferentes. Hablaban principalmente inglés en la casa y se oían muy parecido a la gente que sale en la televisión. Yo nunca había leído en voz alta así, frente de los niños.

Estaba nerviosa así que me aceleré y me tropecé al hablar: *"A-ra-q-kni sed dat chi cud güiv fe mos biuriful tap-tape-estri. Dis meid Atina angri an terrible"*.

En ese momento el grupo de Camila pasó de fingir que yo no existía a hablar de mí a mis espaldas.

—Chelota es una juareñota —canturreó Camila con una voz bajita y luego se rió. Yo podía ver en la cara de Nora que ella no quería reírse con ellas, pero tampoco me estaba defendiendo. Era el tipo de cosas que hacía llorar a los demás niños; pero yo apreté los dientes hasta que hicieron un ruido silencioso que empezó a sonar en mis oídos.

Una maestra normal les hubiera dicho algo. Pero todo lo que dijo miss Hamlin fue "Ojo a los libros, niñas". No era tanto que no le importara, sino que su cabeza siempre estaba en las nubes. Y, como ella no creció en El Paso, no entendía el insulto que era llamar a alguien juareño.

Miss Hamlin me pidió que lo intentara de nuevo. Mis palabras eran titubeantes y rudas, un apretado ataque aéreo, un golpe, un ruido filoso.

—*Aracne sed dat chi cud güiv de most biuriful tape-estri. Dis meid Atina angri an terrible* —repetí.

Yo no lo entendía. Podía leer perfectamente en mi cabeza. Mis enemigas, que hablaban un inglés perfecto, seguían riéndose.

—*What's a tapestry?* —interrumpió miss Hamlin. Las enemigas me miraban, esperando. Era como si la miss también se estuviera burlando de mi lectura, de mi "tape-estri". Pero no lo estaba haciendo. Sólo quería el significado.

Se volteó hacia todos nosotros y preguntó: *—Can anyone describe what a tapestry is?*

Rápidamente levanté la mano. Era una palabra fácil.

—Chela, go ahead —dijo miss Hamlin, señalándome.

—It's a tapiz —dije, mi español saliendo lentamente. Camila y sus clones explotaron nuevamente en otra ronda de malvadas risillas.

No lo podía evitar. Aprendí a hablar español antes que el inglés. El Segundo Barrio se extendía a lo largo de la frontera mexicana y era lo mismo para muchos niños en mi vecindario. Formé mis definiciones cuando me quedaba despierta en la noche, viendo con mi Apá viejas películas de vaqueros. Siempre olvidaba sus lentes a propósito y me hacía leer los subtítulos en voz alta. Gracias a John Wayne y la sabiduría infinita de mi padre, aprendí que las letras formaban palabras y que casi, para cualquier cosa en inglés, había algo en español. También funcionaba de español a inglés.

Escuché sus risillas y yo quería darme una patada por pensar en español y responder en traducción. No me daba vergüenza cómo aprendí las cosas ni cómo las hablaba, pero no me gustaba que se rieran de mí.

—*Before we close our books tell me what is a tap-ee-zzzz* —dijo miss Hamlin.

Busqué en mi cabeza la respuesta en inglés. Mis enemigas torcieron las sonrisas y pusieron sus ojos en blanco en señal de impaciencia. Quizás pensaron que yo no sabía.

—*A* tapiz *is a decorative güoven clot with designs* —dije finalmente.

—*Very good!* —exclamó miss Hamlin.

Mientras salíamos a la hora del lonche, la miss tocó mi hombro y me dijo que regresara cinco minutos antes porque quería platicar conmigo. Yo no estaba segura de qué se trataba, pero algunos de los niños de la clase se burlaron e hicieron OOOOOOOOOH, como les gustaba hacer cuando alguien se metía en problemas.

Durante la hora del lonche fingí que leía mi libro y me preguntaba sobre qué querría platicar conmigo. Quizás quería que la felicitara por haberse acordado que yo estaba en su clase. Quizás quería preguntarme por qué siempre comía sola. Quizás SÍ había notado lo malo que eran las otras niñas conmigo. Lo que fuera, a mí me parecía bien porque eran cinco minutos menos de tortura del sexto grado.

No se trataba de ninguna de las cosas que me imaginé. Miss Hamlin quería que me apuntara para tomar un examen de admisión al programa de Estudiantes Dotados y Talentosos. Era la primera vez que mi escuela ofrecía ese programa. En el pasado, los niños que querían participar tenían que cambiarse de escuela. También, como era un programa nuevo, solo se realizaría los miércoles, después de la escuela. Los proyectos EDT incluían escribir poesía y crear experimentos de ciencias.

Le dije a Miss Hamlin que tendría que decirles a mis papás. Yo sabía que podría suceder una de dos cosas: haría nuevos amigos en el EDT o agregaría un par de horas de sufrimiento a mi semana.

El programa me parecía divertido, incluso sin amigas. Me sentí muy orgullosa de mí misma por el resto del día. Levantaba la cabeza cada vez que pasaba enfrente del grupo de mis enemigas.

INTELIGENTE

CAPÍTULO
16

Un sábado en la mañana, un par de semanas después de haber tomado el examen EDT, pasé un día en Juárez con mi familia. Era nuestra primera visita al otro lado de la frontera desde que mi papá se había enfermado. Íbamos a una kermés, una fiesta de la iglesia que tenía juegos, espectáculo y comida.

Me bañé rápido y me puse mi ropa favorita, un par de pantalones verdes y una camisa blanca de manga corta con botones plateados de broche y un bordado de ranas. Mi papá se puso ropa bonita y su cachucha de salir, que era como la que usan los jugadores de golf.

—No me quiero quemar con el sol —dijo en broma mientras se lo ponía. El sol había salido, pero no hacía calor. Era un día perfecto para pasear.

En la kermés, mis papás saludaban a todo tipo de personas que conocían; gente que nosotros, la verdad, ni nos acordábamos de haber conocido. Amablemente decíamos hola cuando pasábamos. Caminamos junto a los puestos de tacos de puerco y gorditas de carne asada con mucho chile, cilantro y cebolla. Se me hacía agua la boca.

Antes de pedirle algo a mi papá, mi mamá nos recordó que ya habíamos comido y nos dijo que no le pidiéramos nada. Nos había impuesto a todos la misma dieta. Mi papá se hacía el sordo. Nos dio a cada uno de nosotros un vasito de elote caliente. Maíz blanco era exactamente lo que yo quería, nadando en salsa Valentina con queso rallado y jugo de limón.

Un hombre que estaba en un puesto donde se tiraban dardos le habló a mi Apá mientras nosotros esperábamos. Mi Apá apuntó y rápidamente ganó una caja de paletas de tequila, de esas con un gusano dentro. Le entramos a los elotes. Antes de que el último vasito vacío botara en la orilla de un cesto de basura y cayera en su interior, mi papá se sentó con mi Amá debajo de un árbol. Sacó unos billetes de dólar de su cartera y nos dio uno a cada uno de nosotros. Ángel Junior tomó a Clark de la mano y se dirigió derecho a las maquinitas. Mi hermana y yo cambiamos nuestro dinero por diez boletos al Remolino Chino. Era lo más cerca que había estado yo de volar y lo seguimos haciendo hasta que se acabaron los boletos.

El plan de Silvia era pedir más dinero cuando regresáramos al árbol. Yo estaba desesperada por volver a subirme, pero sentí un fuerte retortijón en la panza.

—Creo que el Remolino hizo que me doliera la panza —le dije a Silvia.

—Bueno, adiós —contestó ella y se dirigió al juego con los otros dólares que le había dado mi papá. El retortijón aflojó un poco pero no me sentía mejor. Me sentía como cuando te comes muchos dulces o le pones mucho chile a las papitas.

—Te dije que no les compraras cochinadas. De seguro fue el maíz —le dijo mi mamá a mi papá—. Ya no les vamos a comprar paletas de nieve más tarde. Nadie va a comer paletas.

—¡Amá, no sea mala! —grité.

—¡Ey, no le hables así a tu mamá! —me regañó mi Apá. Me quedé parada ahí con la boca abierta hasta que me habló mi papá para que me sentara junto a ellos. Mi mamá se portaba cruel conmigo y mi papá estaba de su lado. Me senté en una banca vecina haciendo cara de pescado enojado. Mi Amá y mi Apá me ignoraron. Mi Apá le daba a mi Amá besitos para que no estuviera enojada con él por comprarnos comida chatarra. Me dieron más náuseas. No quería verlos así. Traté de pensar en un millón de otras cosas hasta que al sol le dio flojera seguir colgado en el cielo y el vendedor de boletos nos dijo que era tiempo de irse a casa.

Todo mundo estaba molesto porque no pudimos comprar nieve antes de irnos; pero mi papá se echó la culpa y dijo que no hubiera podido resistir si nos hubiera visto comiendo. Ángel Junior de seguro sospechó que era mi culpa porque, todo el camino de regreso a la casa, me escupía y hacía parecer que las balas que lanzaba salían de su nariz. Se picaba la nariz con un dedo, agarraba saliva con el otro y luego me disparaba.

Cuando regresamos a casa me paré detrás de mi Amá. Ella abrió la puerta muy lentamente. Yo subí los escalones, molesta. Después de unos minutos, escuché pasos. Mi papá tocó la puerta y entró. Me dio una carta que estaba en el buzón, venía de la oficina central del distrito escolar.

Entonces me di cuenta que mi panza había dejado de doler y ahora tenía mariposas. Se me olvidó que estaba enojada. Mi papá abrió la carta mientras yo me aguantaba la respiración, leyó en voz alta: *"Your daughter has tested gifted and is being offered placement in our new after-school program"*. Me habían aceptado en el programa.

Todo lo que restaba era firmar la autorización. Mi Apá no estaba sorprendido.

—¡Ves! Eres inteligente. Te dije que todo lo que necesitabas era trabajar duro —dijo.

Y no es que yo fuera presumida, pero sí me

sentía inteligente. La carta decía *"gifted"*, dotada entre comillas. Mi papá se sentía orgulloso y leyó la carta otra vez en voz alta durante nuestra cena de ensalada. Ángel Junior lo repitió así nomás. Dijo *"gifted"* entre comillas. Luego me recordó que cuando yo tenía cuatro años, pensaba que el maíz salía del clóset. No importaba que el tipo de maíz que mi Amá usaba en la casa era de bote y sí venía de clóset.

Después de ese día, los minutos ya no se arrastraban dentro de los días ni semanas. Todo pasó muy rápido.

Amiga

CAPÍTULO
17

Camila, Brenda y Toña también estaban en el programa EDT, nadie más. Sólo me hablaban cuando la maestra nos obligaba a trabajar juntas o para burlarse de mí. Me daban ganas de decirle a mi papá que le regresaran la autorización; pero eso no habría sido justo. Me gustaba lo que nos estaban enseñando.

Escuché de Camila y sus clones que Brenda, quien hablaba un español de bebé en la clase de lenguaje, había resultado ser niña dotada. Camila y Toña no habían pasado el examen, pero la escuela no podía empezar el programa de Dotados y Talentosos con solo dos personas, así que agregaron a los niños con las mejores calificaciones de la Clase A del año anterior.

Nora no había entrado. No pasó el examen ni estaba en la clase el año anterior. Durante las primeras seis semanas del EDT, diseñamos una deshidratadora de comida, hicimos un video de un comercial, planeamos experimentos originales de ciencias y tuvimos una celebración multicultural. Aun así, había algunas cosas que eran más trabajo que diversión, como hacer una cronología de diez mil años. Luego estaba escribir poesía. En el baño, Brenda y Toña susurraban acerca de cómo Camila copiaba poemas de una revista y los entregaba como suyos porque no encontraba sus propias palabras. Nunca la delataron. Yo tampoco la delaté. No quería sufrir su venganza después. Quizás simplemente yo no podía encontrar las palabras para decirlo.

Cada semana regresaba a casa sola del EDT; por supuesto, también regresaba sola los otros días de la semana, pero por lo menos había también otros niños alrededor.

Una tarde, mientras caminaba a casa, escuché el sonido de alguien siguiéndome. Era el rechinido de las ruedas de una bicicleta a una cuadra de la escuela. Me sentí un poco nerviosa y volteé a ver. Así fue como me encontré mirando a un par de grandes ojos cafés.

—¿Roy? —Roy se bajó y caminó a mi lado con su bicicleta.

—Me quedé tarde en la escuela para una tutoría —dijo mientras se acomodaba la mochila con una mano—. Te puedo llevar —se rio, nervioso. Yo también me reí, nerviosa.

—¿Te gusta caminar sola? —preguntó.

—No está tan mal.

—Yo también camino solo a casa después de la tutoría. A lo mejor podemos caminar juntos algunas veces —dijo. Me quedé callada por un segundo. Después asentí con la cabeza. Dije en voz baja algo así como que estaba bien. Me hizo un guiño mientras subía a su bicicleta. Se alejó velozmente. Era la primera vez que platicábamos desde que Nora me había dado la cuchillada en la espalda.

Cuando mi Apá regresó después de trabajar en la casa nueva, nos sentamos frente a la tele para mirar una telenovela que me gustaba. Fue probablemente por todos los besos que vi en la televisión que le pregunté:

—¿Cómo fue que tú y mi Amá se enamoraron?

Me dijo que él todavía tenía todo su cabello cuando conoció a mi mamá. Como era huérfano, la familia de ella se había apiadado de él: le daban de cenar y le dejaban dormir en el granero. El trabajo de mi Amá era llamarlo a la mesa cada noche. Ella solo tenía cuatro años de edad.

—Mari era una niña flaca y latosa, pecosa y trenzuda. Yo me fui y no nos volvimos a ver hasta muchos años después. Tu Amá pasó todo ese tiempo creciendo y poniéndose bonita.

—¿Te enamoraste cuando la volviste a ver? —pregunté.

—Cuando la vi de nuevo era la chica más hermosa que yo había visto. Ya no tenían pecas ni trenzas. Ella cambió, pero nunca sus ojos. Todavía eran los mismos ojos brillantes y oscuros —dijo—. Nos casamos pronto después de eso.

Era una gran historia y era muy romántica porque en realidad había pasado.

Roy no me gustaba de esa manera ni como lo hacían en las telenovelas; pero lo recordaba como un buen amigo y yo necesitaba amigos. Desde ese día, Roy me sonreía y me decía hola en clase todos los días. También otros niños de la clase empezaron a sonreírme; pero no se acercaban mucho. El grupo de Camila todavía levantaba la nariz y se reía a mis espaldas o me ignoraban. A mí no me importaba mucho porque era mejor que me ignoraran a que se rieran de mí.

No sé por qué pasaba eso, pero así pasó. Roy y yo caminábamos juntos en los días que nos quedábamos tarde en la escuela. Los otros días, andaba en bicicleta y jugaba deportes con su hermano y amigos.

Algunas veces Roy y yo estudiábamos juntos. Me dijo que le gustaba estudiar conmigo porque siempre me sabía las respuestas correctas cuando la maestra me preguntaba en clase. También le impresionaba que yo estuviera en el programa de después de la escuela y que me hubiera sacado puras As en mi última boleta de calificaciones.

—Me había dado cuenta que eras inteligente desde antes de que estuvieras en la clase. Te veía cargando todos tus libros en la mañana —me dijo. Sonrió tímidamente y yo no sabía si estaba bromeando.

Cuando fue a la casa, hicimos la tarea en el porche trasero. Nos sentamos en la banca de leña de mi papá. No estudiamos juntos en clase porque los niños y las niñas de sexto grado no hacían esas cosas a menos que quisieran que se burlaran de ellos.

Toda mi familia se burlaba de nosotros, eso sí. Mi papá hasta decía que era mi novio. Por suerte nunca lo hizo delante de Roy.

Roy era un buen amigo, pero todavía había cosas que yo nomás no podía contarle. Yo no entendía mucho a los chicos y estaba segura de que ellos no entendían muchas cosas de mí.

Era como cuando, en la escuela, Ángel Junior empezó a darme consejos cuando yo todo lo que quería era que Silvia me dijera lo que pensaba.

Así que Roy y yo nunca platicamos de que él era mi único verdadero amigo en la escuela.

Shhshs

CAPÍTULO
18

Yo tenía pocas oportunidades de hablar con niños de otras clases. Mientras hacíamos fila para regresar al salón después de educación física, un par de chicas marchaban como sargentos, de arriba a abajo, a lo largo de la fila de las niñas. Hablaban de cosas que, en su mayoría, hacían que me retorciera de pena. Se llamaban a sí mismas "cholas", usaban lápiz labial y besaban a los chicos detrás de los salones modulares.

Betty y Shorty llevaban una lista invisible de personas a quienes les preguntaban: "¿Qué medida de brasier usas?"

Hablaban conmigo más que con otra gente de mi propio salón; pero no era como si fuéramos amigas. Eso hubiera requerido que se asomaran debajo de mi camiseta y yo tendría que entrar a su pandilla. Hubiera significado invitarlas a mi casa y que mi mamá se diera cuenta. Eso hubiera implicado darle a mi mamá una buena razón para quitarse la chancla. Me dolían los pantalones nada más de pensar que su chancla se estamparía en mi trasero por juntarme con chicas que decían que eran miembros de una pandilla. No importaba que las chicas solo estuvieran fingiendo ser rudas, usando mucho delineador de ojos y hablando fuerte.

Betty, Shorty y todas las demás se habían obsesionado con los brasieres después de que la entrenadora de educación física nos enseñó un video sobre cómo nuestros cuerpos estaban cambiando. Por segundo año consecutivo, miramos a una madre y a una hija hablando sobre "los cambios" mientras hacían pancakes.

Me empecé a sentir como uno de esos bichos dentro de un frijol saltarín. No había lugar a donde correr. Una o dos niñas empezaron a inquietarse en sus asientos, diciendo que ya habían hablado con sus mamás sobre eso. Ese mismo día, la escuela se convirtió en "Todo lo que querías saber acerca de... Shhshs, ¡no puedes decir esas palabras en voz alta!" Según las chicas de sexto grado.

No les dije a las cholas sobre mi brasier o sobre esa comezón loca que me daba debajo de mi camiseta. No les dije que el verano anterior, mi Amá llegó a casa después de un día de pagar las cuentas con un regalo para mí.

—Te tengo una sorpresa —dijo—. Son copas.

¿Copas? Pensé que se refería a un juego de té. Y aunque para entonces ya tenía once años, todavía me emocionaba con eso. Mi Amá abrió una bolsa y sacó un brasier. Nunca le admití lo que realmente esperaba. Sólo Nora sabía.

Después del asunto de las "copas", le dije a mi Amá que les diera a mis primas más chicas todas las camisetas que ya no me quedaban. Yo solo usaba camisetas sueltas y pantalones de mezclilla. Y no es que me estuviera desbordando de la camiseta, o algo por el estilo, pero se me notaba más que a chicas como Nora y Camila. Odiaba la idea de que alguien se diera cuenta.

Me hizo recordar a una niña que conocí cuando

tenía cuatro años. Se llamaba Heather y también tenía cuatro años. Venía de Nebraska y el calor seco casi la mataba. Esos días en que el sol brillaba tanto que los pájaros se caían del cielo, Heather se quitaba la camiseta y corría como los niños. No le daba pena. Cuando le dije a mi mamá, ella se enojó conmigo y me dijo que ya no podría jugar con ella.

—¡Sólo las cochinas se quitan la camiseta! ¡Cochinas! —dijo.

Cuando Betty y Shorty llegaron a donde yo estaba en la fila de educación física y preguntaron sobre mi brasier, crucé los brazos con fuerza alrededor de mi pecho. Me pregunté qué pasaría si respiraba profundamente y, sin mirarlas, actuaba como si estuviera buscando algo en mi mochila. Podía contar mis plumas y lápices e ignorarlas.

Sus preguntas me daban mucha pena, y ni siquiera tenía miedo que Shorty se pusiera colorada de coraje y dijera que me quería ver en el callejón después de la escuela para pelear conmigo por no haber contestado.

Por supuesto nunca volteé hacia otro lugar y Shorty nunca me golpeó. Yo era amable con cualquiera que hablara conmigo. Así es como mi papá nos había enseñado. Pero era cada vez más difícil para mí cubrir eso que estaba escondiendo.

El día que mi hermana me invitó a nadar con ella a la piscina del parque Armijo, casi le dije que no. Me aterrorizaba caminar con un traje de baño mojado. Mi Amá y mi Apá no dejaban que Silvia saliera sola, así que me rogó. Dije que sí, solo porque quería caerle bien como cuando éramos niñas.

Solo tenía que ponerme algo encima que no revelara mis secretos. Me probé un montón de cosas y dejé un desorden de ropa sobre la cama. Escogí una camiseta oscura y unos shorts. Pensaba usarlos arriba de mi traje de baño incluso cuando me metiera al agua.

El sábado en la mañana, mi Apá nos dio un aventón a la piscina. Ahí estaba Camila con Brenda. Traía puesto el mismo traje de baño que yo traía, pero sin cubrirlo. Ella no era de las que escondía nada. Además, su cuerpo no había cambiado. Fingió no mirarme y yo hice lo mismo.

Me quedé cerca de Silvia. Cuando entramos a la piscina, dos chicos de secundaria, de su escuela, nadaron hacia nosotros. Reconocí a uno de ellos, era el que había visto en el Dairy Queen. Comenzó a platicar con ella. Al otro no lo conocía.

—¿Eres una de las nuevas amigas de Silvia? —me preguntó el otro chico mientras se mantenía a flote en el agua. Tenía el cabello ondulado y sus ojos verdes no miraban otra cosa más que mi pecho.

—No.

—Allá la piscina está más honda. ¿Quieres nadar conmigo? —me sonreía con todos sus dientes.

—No. Me tengo que ir —le dije.

No me quedé ahí lo suficiente para escucharlo decir otra cosa. Nadé más cerca a Silvia. Ella estaba recargada en la orilla, esperando que el chico de Dairy Queen hiciera su movida. Le metí un codazo.

–¿Qué pasó? ¿Qué te pasa? –preguntó Silvia.

–Me estaba mirando muy raro –le dije, señalando al chico de los ojos verdes.

Silvia volteó y le dijo que era un cochinote y que más le valía que no me molestara o tendría que decirle a Ángel Junior.

Yo sabía que ella no quería que me sintiera mal y luego quisiera regresar a la casa. Entonces ella tendría que irse también. El chico de Dairy Queen habló con su amigo y regresó diciéndonos lo apenado que estaba porque su amigo era un tarado. Flirteó un poco con Silvia y me di cuenta que ella inmediatamente se olvidó del amigo.

–Ignóralo –dijo.

Nadamos hasta que cerraron la piscina. Ni siquiera nos molestamos en quitarnos la ropa mojada. Sólo nos pusimos nuestras sudaderas encima de ellas. Se estaba oscureciendo, así que nos apuramos para regresar a casa. Abrí la puerta de enfrente y caminé derecho a los escalones, dejando invisibles huellas de cloro.

Me paré enfrente al espejo. Mi ropa estaba húmeda y se me pegaba incluso después de la caminata a casa. La entrenadora de educación física nos dijo que no era tan malo que nuestros cuerpos se desarrollaran. Era una mentira. Para mí ya era bastante difícil ser la extraña del grupo, y encima de eso que mi cuerpo estuviera cambiando era demasiado. Yo era una especie de oruga fea que se estaba convirtiendo en una polilla todavía más fea. Recé en silencio pidiendo que mi pecho dejara de cambiar, por lo menos hasta que el de Camila hiciera algo. Todo mundo la admiraba, incluso cuando se había robado a mi mejor amiga. Camila tenía cuerpo de tamal y quizás, en secreto, rezaba para que sus propias "shhhs" crecieran.

Cuando Camila finalmente obtuvo su brasier, se aseguró de ser la primera en la fila de inspección de Betty y Shorty. Contó una y otra vez que su hermana la había llevado a Penney's. Mencionó la lista de todos los brasieres que había comprado, de los tipos y colores. Por poco incluía la noticia en los anuncios de la mañana. Cualquier desafortunada que la escuchaba buscaba la forma de cambiar de tema.

Al final de dos semanas, hasta ella y sus clones estaban aburridas de la historia. Entonces la conversación sobre otras cosas que solo les sucedían a las chicas se volvió más escandalosa.

CÁTSUP

CAPÍTULO
19

Aunque mi mamá me había comprado esas "copas", no hablamos mucho sobre ese tipo de cosas en la casa: cuerpos, brasieres o chicos. Lo evitábamos aun cuando el tema nos miraba derechito a la cara. Por ejemplo, la primera vez que me fijé en uno de esos comerciales de productos de señoras que pasaban en la televisión, me imaginé que era algo bueno. Las mujeres del anuncio usaban batas blancas y bailaban al ritmo de música de flauta como si no tuvieran ninguna preocupación en el mundo. Estábamos sentados en el sillón de la sala, viendo el comercial, cuando le pregunté a Silvia y a mi prima Mari por qué las mujeres estaban tan felices. Se miraron y se rieron. No fue una risa cruel. Era una risa incómoda como cuando alguien cuenta un chiste que no es gracioso.

Se rieron porque no sabían hacer otra cosa. No me explicaron lo que vendían en el anuncio. Todo lo que me dijeron fue "todavía no es hora de que pienses en eso". Así que no volví a preguntar.

Cuando finalmente me di cuenta, fue en la escuela cuando vimos el video en la clase Educación Física.

Poco después encontré a Clark sentado enfrente del lavabo con su espalda de enano hacia la puerta. Su pequeña cabecita flaca inspeccionaba algo. El mueble debajo del zinc estaba abierto y había una caja de cartón azul sobre el piso de linóleo, cuya etiqueta yo no alcanzaba a ver.

Me acerqué sigilosamente y me agaché para echar un vistazo. Como un buen espía, retuve la respiración y mis pies casi flotaban sobre el suelo cuando caminé de puntitas. No me vio ni me escuchó.

Había una pila rosa en el piso. Sostenía en su mano una bolsita de plástico rosa. La desenvolvió haciendo todo el ruido que hace el plástico. Se lo acercó a la nariz, lo miró por todos lados y lo olió.

—¡Silvia! —le grité a mi hermana, sacando a Clark del hechizo. Me echó una mirada enojada pero no dejó de hacer lo que hacía.

Silvia entró y se quedó boquiabierta, buscando

que salieran palabras de su boca. Yo solo sacudí la cabeza de un lado a otro. Ella me miró como preguntándome por qué no lo había detenido de hacer ese cochinero.

—Acabo de llegar —dije. Extendió el brazo por encima de él y le arrebató la caja azul.

—¡Ey! Eso es mío! —gritó Clark.

—¡No es tuyo! —le gritó ella de regreso.

—Sí. Yo los encontré.

—No. No son tuyos.

—Pues, ¿a poco son tuyos? —preguntó él, burlándose.

La cara de Silvia se puso roja y respiró profundamente.

—Son los pañales de mi abuelita. Deja de jugar con ellos —lo regañó.

Regresó a su lugar algunas de las bolsitas rosas que no estaban abiertas. Ella levantó las demás y las echó al basurero. Cerró la caja y la empujó a la parte más profunda. Cerró la puerta del mueble.

Fue entonces que mi Amá entró para ver por

qué tanto escándalo. Mi Amá vio lo que tenía Clark en la mano. Yo señalé el cesto de basura para que viera más de lo que ya había visto. Ella inspeccionó el resto del baño.

—¿Los abriste todos? —preguntó mi Amá.

—Sí. El otro día me dijiste que eran galletas —respondió—. Estaba buscando las galletas.

—¿Desde cuando escondemos galletas en el baño? ¿A poco también guardamos la leche en el tanque del excusado? De veras que te crees cualquier cosa —dijo Silvia.

—Me dijo que eran pañales. ¿De veras son pañales? —le preguntó a mi Amá, ignorando a Silvia. Todavía tenía uno en la mano. De pronto lo soltó, dejándolo caer al piso como si alguien hubiera hecho pipí en él.

—No, son toallas —le dijo mi Amá con honestidad. Ella quería decir toallas sanitarias, así le llamaban en sus tiempos.

Clark no supo a lo que se refería mi Amá con

toallas. Lo imaginé a los dieciséis años. Está sentado en el cine junto a una chica, es la primera vez que salen juntos. Están comiendo hot dogs y papitas. De pronto se escurre cátsup por su barbilla. Él mete la mano a la bolsa de ella, saca una maxipad y se limpia la cara.

Sólo esperaba que él pudiera ver el video en la escuela antes de que sucediera una cosa así.

—Nomás espera que le diga a tu papá —dijo mi Amá.

Mí Apá trabajaba en la casa nueva. No obstante, nadie le dijo nada, probablemente porque todos estábamos apenados. No sé lo que mi papá hubiera hecho, pero me puse roja nada más de pensarlo.

Debí haber estado caminando de la escuela a la casa cuando "eso" finalmente me sucedió. Llegué a casa y ahí estaba. No le dije a nadie: ni a mi Amá, ni a mi hermana; tampoco a las cholas de la escuela ni a la niña que había sido mi mejor amiga.

Me preguntaba si a Nora ya le habría llegado.

Otras chicas deseaban que les sucediera. Algunas cambiaron cuando les pasó. Comenzaron a importarles cosas distintas. Yo esperaba no haber cambiado ante los ojos de la gente.

Pero así como yo no le dije nada a nadie, no hubo nadie que me dijera algo a mí.

el mundo

CAPÍTULO
20

La mañana de nuestra fiesta de navidad, los pasillos entre los mesabancos se convirtieron en pasarelas para que las niñas enemigas presumieran sus ropas de fiesta. Puse los ojos en blanco, seguí a los niños y caminé hacia el otro lado. Miss Hamlin había hecho espacio para todas las cosas sabrosas de nuestro convivio. Dejé mis tres refrescos de naranja de un litro en el estante de la ventana, donde estaban las otras bebidas, galletas, pastelitos, papitas, salsa picante, dips y palitos de verduras.

Nuestro plan del día era subirnos a los camiones para asistir al programa navideño de la preparatoria, regresar a nuestra escuela para la comida, tener una fiesta de navidad en el salón de clases, abrir los regalos y finalmente irnos a casa por dos semanas.

El programa de navidad era mucho mejor que el del año pasado. El grupo de danza de la preparatoria se movía al ritmo de *I saw mommy kissing Santa Claus* con disfraces de elfos muy lindos. Camila dijo que deseaba ser un elfo y uno de los niños le dijo que ya tenía las orejas para ello. A ella le pareció un cumplido y soltó una risilla.

A la hora del lonche comimos rebanadas delgadas de pizza. Era justo lo necesario. Dejé espacio para la comida de la fiesta. Miss Hamlin había preparado todo para cuando estuviéramos de regreso. Atacamos el estante como si no hubiéramos comido nada. Yo me senté en la esquina con un plato de papitas, sola y calladita.

Algunos niños retaban a Roy para que se tomara una botella de salsa Tabasco cuando miss Hamlin no estuviera viendo. Se echó la mitad, luego corrió al baño con el pase de emergencia que estaba colgado en el pizarrón. ¿Estará bien? ¿Tendrá que ir al hospital para que le bombeen el estómago? Quizás debería irse temprano a casa. Todo mundo susurraba estas cosas con los nervios de punta. Pero Roy regresó y le dijo a miss Hamlin que solo tenía un pequeño dolor de estómago. No era nada. Estaba bien.

Una hora antes de salir de la escuela, la miss abrió el clóset de suministros, revelando una pila de regalos cuidadosamente envueltos en papel estraza color azul claro y moños hechos a mano. La mayoría de los salones tenían su propio intercambio de regalos para navidad. Miss Hamlin, que había llegado de un lugar distinto y tenía diferentes ideas, hizo las cosas de otra manera. Les pidió a nuestros papás cinco dólares. Puso una lista en el tablero de anuncios que incluía libros, accesorios de belleza para escuela de modelaje, carteles y básicamente cualquier cosa del catálogo de la feria del libro que costara más o menos eso. Luego nos pidió que escribiéramos cartas en forma de ensayo, diciéndole acerca de nuestras tres elecciones y por qué las habíamos escogido. Yo pedí libros. Uno divertido, uno para aprender y otro que era un diario.

Algunos niños adivinaron lo que recibirían

simplemente por la forma del regalo. Yo sabía que el mío era un libro, pero no sabía cuál. Contamos hasta tres y entonces rompimos el papel estraza. Los chicos encontraron cosas como cartitas coleccionables, muñequeras, lupas y frascos de insectos. Las chicas encontraron cosas como posters de sus estrellas favoritas, calendarios de cachorros, pulseras de corazones y estuches para hacer joyas de plástico.

Claro, excepto yo. Debajo del papel azul se encontraba *A night alone in the universe*. Sabía que era el libro que Nora habría seleccionado si hubiera sido valiente. Era el tipo de libro que mostraba que la ciencia era interesante; pero no lo suficiente para una clon.

En casa, le mostré a mi Apá lo que recibí de regalo. Los gemelos no tenían nada que mostrar ya que no recibieron regalos en la secundaria. Clark había recibido una caja de chocolates y ya se había comido la mitad.

Esa noche, después de leer parte de mi libro, me dormí arrullada y envuelta por un universo que era grande y vacío. Me hizo sentir aún más pequeña y mucho más sola. Pero ese no era mi mundo. Lo que había más allá de esas cuatro paredes, no importaba.

Mi familia era un sistema solar. Mi papá era el sol y el resto de nosotros éramos planetas que girábamos alrededor de él. Mi mundo era pequeño; pero era lo único que me quedaba, o quizás era el único donde yo quedaba.

ESPECIAL

CAPÍTULO
21

Qué quieres que te traiga Santa Claus? –preguntó mi Apá. La navidad estaba por llegar en unos días. No estaba segura de lo que quería. Quería algo divertido, pero ya estaba creciendo. Esperé que todos dijeran algo primero. Clark pidió un guante de beisbol. Ángel Junior pidió el control de un videojuego. Y Silvia, bien astuta, le pidió algo en secreto a mi Apá.

Le dije: –Yo no sé. ¿Usted qué quiere?

–Amor –dijo mi Apá. Eso era todo. Eso era fácil. Yo lo amaba cada minuto de cada día. No, cada segundo de cada minuto de cada día.

En la noche del 23, Silvia y mi Apá salieron a escondidas a la Walmart. Regresaron con un pavo gigante y varias bolsas misteriosas. Pusieron el pavo en un zinc lleno de hielo para que se descongelara y escondieron las bolsas en la recámara de mis papás.

Esa noche, Silvia no me alejó de su sueño con sus audífonos. La grava de su voz nocturna me encontró y me susurró secretos en la oscuridad.

—Yo sé lo que todos van a recibir de navidad —dijo—. Mi Amá va a recibir unos aretes de argolla. Clark va a recibir un guante de beisbol. Ángel Junior va a recibir un control de videojuego. Yo voy a recibir un mono de peluche gigante para que se siente en mi cama. Todos van a recibir exactamente lo que pidieron, pero tú no pediste nada.

Esperé que dijera algo más, pero solo hubo silencio. Silvia se había dormido o quería que yo pensara que no recibiría nada. Yo sabía que mi Apá me daría algo especial. Yo no necesitaba pedirle. Me encantaría lo que me diera. Estos eran los pensamientos que daban vuelta en mi cabeza. Me levanté y caminé hacia la recámara de mis papás. Lentamente giré la perilla, pero la puerta no se abrió.

—¡Estamos envolviendo regalos! —gritó mi Apá del otro lado.

A la mañana siguiente, mi Amá aprovechó las últimas horas para hacer compras de navidad y escoger un regalo para mi Apá. Pasó el resto del día en la casa con nosotros.

Después de que se puso el sol, hacía mucho más frío. Mi Apá encendió el calentón y lo puso para que diera el máximo calor. Mientras lo hacía, le describió a mi Amá la chimenea de la casa nueva:

—Ya verás. Mandé pedir una loseta bonita de mármol gris para las orillas. El año que entra, en estas fechas, estaremos sentados frente a la lumbre.

Era tarde cuando cenamos. Clark se durmió. Y qué bueno que lo hizo porque él era del tipo que intentaría esperar la llegada de Santa. Después de la cena, mi Amá y mi Apá contaron historias de sus navidades cuando ellos eran jóvenes.

Mi Amá me dijo que ellos nunca comían pavo para navidad como nosotros. En lugar de eso, comían tamales de puerco enchilosos. Ella y mis tías se sentaban enfrente de la estufa de acero, envueltas en cobijas, hasta muy tarde en la noche, esperando que mi abuelita revolviera lo que quedaba de la mezcla de maíz para convertirla en champurrado.

—El champurrado de Juárez no se compara

—nos dijo—. Las cobijas calientitas y el champurrado eran nuestra navidad. No había regalos. A ustedes les va bien. Nuestros regalos no llegaban hasta el día de los Reyes Magos. Los Reyes Magos llegaban dos semanas después y nos traían calcetines y naranjas. Esas cosas pequeñas eran lujos. Yo las esperaba todo el año.

—Debería hacer champurrado —dijo Ángel Junior. Todos nos reímos. Nuestras panzas estaban llenas y él todavía pedía más comida.

Mi Apá nos contó sobre las cálidas navidades de California: —Decorábamos las palmeras —dijo como chiste y nada más. Se paró y salió afuera para fumar un cigarrillo. Mi Amá no lo detuvo. Nos dijo que algunas veces pensar en su hermana en California lo ponía triste porque ella era el único familiar que le quedaba y estaba demasiado lejos.

Mi tía era muy joven para ser mamá y muy vieja para ser hermana cuando sus padres murieron; pero mi Apá la había seguido a California de todos modos. Entonces eran cercanos. Ahora solo la veía una vez al año. Era muy caro e iríamos muy amontonados en la troca para que todos la visitáramos, así que mi Apá y Ángel Junior viajaban en el Conejo Express. El resto del año mi Apá se conformaba con una llamada telefónica.

—La navidad en California no era muy distinta a la que hacemos aquí —fue todo lo que dijo mi Apá cuando regresó. Las navidades en El Paso no eran exactamente cálidas, aunque viviéramos en el desierto. Algunas veces nevaba y la nieve se derretía antes de caer al suelo. Algunas veces juntábamos suficiente para construir un hombre de nieve. El sol brillaba la mayoría del tiempo; pero el aire estaba lo suficientemente frío como para tener que usar un abrigo grueso y una bufanda.

—¿Podríamos pasar navidad en California algún día? —le preguntó Silvia.

—Algún día, mija —contestó mi Apá y yo supe que él de veras lo deseaba por la manera en que se puso contento de nuevo.

A la medianoche, mi Apá empezó a sacar los regalos a la sala, y mi Amá nos dijo que despertáramos a Clark. Abrimos los regalos por turnos, del más joven al mayor. Primero recibimos un montón de suéteres para la escuela. Luego llegaron los regalos buenos. Clark recibió su guante y luego era mi turno, rompí el papel de envoltura para encontrar el osito de peluche más perfecto que había visto en mi vida.

Abracé a mi papá y besé a mi mamá. El oso de peluche de Silvia era casi igual al mío excepto que era blanco y más grande. Ángel Junior recibió su cosa para videojuegos. Mi Amá recibió sus aretes y mi Apá, un reloj aguantador para usarlo cuando estuviera construyendo. Ella le besó la mejilla y nos dijo que nuestro regalo verdadero sería la nueva casa.

Todos estábamos agotados y nos fuimos inmediatamente a la cama. Silvia puso su oso blanco en el estante para que no se ensuciara. Yo puse mi oso al lado del suyo y las dos estuvimos paradas unos minutos. El mío me encantaba.

—Se va a llamar Murray —le dije. Fue lo primero que me saltó a la cabeza. Nunca le había puesto nombre a nada antes, tampoco había hablado con amigos imaginarios. Eso solamente lo hacían los niños en la televisión o en los libros.

—No le puedes poner ese nombre. Tu oso es mexicano porque es café —dijo Silvia, haciéndose la chistosa. Yo no me reí. No le hice caso. Se llamaba Murray. Lo abracé y me subí a la cama. Murray era suave, peludo y era mío.

EL TRABAJO

CAPÍTULO
22

Los ancianos necesitaban quien los cuidara todos los días. Eso quería decir que mi Amá estaba en la lista para trabajar durante la mayor parte de nuestras vacaciones.

—Esos regalos de navidad no se pagaron solos —dijo. Nos teníamos que quedar en la casa todo el día. Nadie podía salir, nadie podía entrar. Ángel Junior y Silvia se quejaron solo por un momento. Habían hecho planes de juntarse con sus amigos. Al final, a Silvia se le ocurrió la idea de ir a trabajar con mi Apá. Él estuvo de acuerdo.

Mi Apá llevaba un par de meses trabajando en la casa y quería terminar para la primavera. Tenía una agenda muy apretada. Mi Amá nos advirtió que no lo molestáramos. Nadie se quejó. Trabajar con él era lo mejor del mundo.

Cuando mi Apá empezó a construir la casa, no tenía quien le ayudara de tiempo completo. Tenía mucho material, mucha experiencia y a Tomás, quien le ayudaba un poco. Tomás llegaba de vez en cuando y lo apoyaba con las cosas mayores.

También había un par de hombres que le debían favores. Mi Apá había hecho trabajos para ellos y ellos le estaban pagando con lo mismo. Habían construido casas juntos antes, aunque fuera solo en partes. Le ayudaron a verter el concreto en los cimientos y poner los soportes de las paredes. Le ayudaron a instalar la tubería de agua y el drenaje. Le ayudaron a poner los ladrillos e instalar el cielo raso. Eso era el esqueleto de nuestra casa. Luego mi Apá instaló el cableado para la electricidad y el teléfono.

Ahora estaba por terminar las paredes, el piso y el resto de las partes interiores, y nosotros le ayudaríamos.

Mi Apá nos hizo trabajadores honorarios. Me dio un martillo y un frasco lleno de clavos chuecos para que los enderezara. Me sentaba ahí toda la mañana con mi frasco. Si hacíamos bien nuestro trabajo nos pagaba con papitas como si fuera dinero.

Ángel Junior le dio una mano con la loseta

de los pisos y las paredes de la regadera. Silvia escogía los colores de la pintura. Clark y yo hacíamos lo que habíamos hecho antes, cuando nos quedábamos en la casa con mi Apá y no íbamos a la escuela. Acomodábamos sus herramientas y se las pasábamos. Nunca nos pedía nada filoso o eléctrico. No quería que nos lastimáramos.

—¿Cómo va la escuela? ¿Estás mejorando? —me preguntó mi Apá.

—No —le dije—, todavía no tengo muchos amigos.

—Pues no necesitas muchos, solo necesitas buenos amigos —me dijo. Supongo que mis papás tampoco tenían muchos amigos. Había toneladas de personas en la calle que siempre decían "hola" a mi papá como si él conociera a todo el mundo. Pero si realmente lo pensaba, los únicos adultos que siempre habían estado con nosotros eran las hermanas de mi mamá, quienes eran como sus mejores amigas. Y Tomás.

—Sólo deseo tener un mejor amigo como tú tienes a Tomás —le dije a mi Apá.

—Bueno, Tomás es un buen amigo, pero tu Amá es mi mejor amiga —me corrigió. Para él, la familia era lo primero.

—Nos tienes a nosotros —agregó. Pensé en Silvia. Ella no sería nunca mi mejor amiga. Supongo que mi papá era mi mejor amigo como él era el de mi Amá.

Para el lonche, partimos jalapeños, tomates y cebollas. Mi Apá los puso en un sartén con el pavo que quedaba, y Silvia calentó tortillas de harina. Era sobre todo carne blanca. Hasta mi papá le entró. Estaba bien mientras no comiera muchas tortillas. Nos comimos en poco tiempo lo que restaba de la comida de navidad.

Después de que comimos, nos sentamos y platicamos como viejos amigos.

—Si tu mamá y yo nos separamos, ¿con quien se irían? —bromeó. Yo sonreí. Me encantaba estar ahí con mi Apá. No era necesaria una respuesta. Yo amaba a mi mamá, pero mi papá nunca nos obligaba a comer sopa de verduras ni nos molestaba cuando nos sentábamos muy cerca de la televisión. Algunas veces, sintiéndome culpable por pensar en un favorito, le dije que no importaba porque él y mi Amá iban a estar juntos para siempre.

Después de que mi Apá terminó la loseta del baño, me dejó ponerle masilla a la tina. Puse una cosa que parecía pasta de dientes en las esquinas de la bañera para que el agua no se saliera.

—No me importa vivir en la casa vieja —le dije. Pero mi Apá quería algo que nos perteneciera.

Esos siguientes días con mi papá, no se sentían como un trabajo verdadero. No era como hacer trabajo en la casa ni hacer la tarea. Ayudar a mi Apá me hacía sentir importante. Él bromeaba y nos contaba historias sobre sus aventuras. Nos dijo que una vez había encontrado un nido de víboras. Otra vez conoció al dueño de un Whataburger que era amigo cercano de un cliente. Nos divertíamos tanto que nunca le dije a Silvia o a mi Amá acerca de la docena de colillas que encontré en una maceta que se había volteado en la nueva casa. No quería que las cosas se pusieran feas.

Yo hubiera querido estar enferma y quedarme en la casa el resto del año escolar con tal de pasar más días con mi Apá. Habría hecho cualquier cosa y hubiera aguantado lo que fuera con tal de quedarme con él. Un día, me recargué en una pared que estaba recién pintada. Traía puesta una de mis ropas favoritas. Era un traje para correr color rojo con franjas blancas a los lados y ahora con una gran mancha de pintura en la pierna. No lloré por la mancha. No me quejé. Valía la pena porque no iba a la escuela y me quedaba con mi Apá.

Le pregunté si podía ayudarle los siguientes meses. Mi maestra podría mandar a la casa mi material de lectura con Clark.

—Me gusta mucho tenerlos aquí, mija —dijo mi Apá—. Los extraño cuando están en la escuela, pero no puedo dejar que se queden en la casa. Yo no tuve las mismas oportunidades que ustedes tienen ahora. Tienen que aprovecharlas.

Así que hicimos un pacto: yo regresaría a la escuela y mi Apá dejaría que le ayudara después de la escuela en los días que no tenía que ir al EDT.

un Buen Balón

CAPÍTULO

23

Ya que empezó la segunda mitad del año escolar, yo tenía una rutina que no incluía preocuparme por chicas odiosas. El año escolar terminaría en un par de meses y yo trabajaba duro ignorando cómo se portaba conmigo el grupo enemigo.

Cuando no tenía EDT, caminaba la corta distancia a donde estaba mi papá trabajando en la nueva casa. Trabajaba más tarde e invertía más tiempo; algunas veces hasta que bajaba el sol y siempre los fines de semana. Yo le ayudaba a barrer y a guardar las herramientas.

Si todavía había luz cuando mi papá terminaba, apilábamos ladrillos en cada extremo de la zona de construcción y los usábamos como porterías. Me recordaba el verano, cuando toda nuestra familia iba al parque y jugaba por horas.

En aquel entonces, cuando nos cansábamos, mi papá salía en la troca y regresaba con cubetas de pollo, tan delicioso como grasoso, para irnos de pícnic. Ahora, solo regresamos a la casa.

Jugar futbol después de la escuela era distinto también de otras maneras. Jugábamos durante periodos más cortos y sobre todo uno a uno. Algunas veces se apuntaban mi hermano o mi hermana. Otras veces ellos hacían cosas con sus amigos o se quedaban en la casa. Aun así, mi Apá y yo nos divertíamos. Él me dejaba ganar, pero me hacía trabajar duro para lograrlo. Así fue como mi patada se volvió más y más fuerte.

Para cuando empezó el gran campeonato en la escuela, yo respiraba futbol gracias a esas tardes con mi Apá. No podía pensar en otra cosa. Me concentraba en esos balones que pasaban zumbando sobre el zacate seco y amarillo, un zacate que no se rompía cuando lo cruzábamos corriendo; un césped que se doblaba e inmediatamente se volvía a parar. Todo a nuestro alrededor se detenía en medio de ese campo de futbol cuando jugábamos.

Las chicas enemigas probablemente no querían otra cosa más que mirarme sentada en la banca. Sólo que no funcionaba de esa manera. Su popularidad no impedía que yo jugara.

No escogíamos nuestros equipos de futbol. Los equipos se dividían por clase y grado. Las chicas solo jugaban contra las chicas. Los chicos solo jugaban contra los chicos. Los de sexto grado solo jugaban contra los de sexto grado. Todas las clases competían unas con otras. Practicábamos regularmente y jugábamos un partido oficial cada semana. Competíamos para obtener un lugar según la cantidad de juegos que habíamos ganado al final de la temporada. Así, cada grado tenía su propio campeonato. Para nosotros, ganar el campeonato era como ganar el Mundial. Eran momentos en que no importaba si un niño hablaba inglés, se sacaba malas calificaciones o tenía un pedigrí de Clase-A. Un niño solo necesitaba desearlo mucho y trabajar bien duro. En un campeonato tampoco era necesario que una persona fuera querida. Ella o él podría ser la persona más odiada del mundo. Si era bueno, a todos les empezaba a caer bien.

Las chicas del equipo de mi escuela todavía no me hablaban mucho; pero algunas de otras clases me decían cosas cuando no estábamos jugando contra ellas, como "¡Buen tiro. Vamos, Chela!" Eran Angélica, Bianca, Clarisa y Yaretzi, las niñas de mi clase de quinto grado. Mi papá dijo que eso significaba que todavía me respetaban.

Me hubiera gustado decir que Nora y ellas no eran buenas para jugar. Pero habría sido una mentira. La mayoría de las niñas de nuestro equipo eran buenas por alguna razón o por otra. Nora solía ir al parque con mi familia. Era más pequeña que nosotras y más rápida. No había crecido ni cambiado mucho, excepto el haber dejado de usar lentes.

También era verdad que las clones de Camila fueron a un campamento de futbol el verano anterior. Cada vez que hacía algo bien en el campo, Camila se aseguraba de decir que cuando ella estaba en el campamento de verano había hecho algo mucho más espectacular. El campamento de

verano era organizado por el *Boys and Girls Club*.
A mí no me dejaban ir por los cholos y cholas que
de vez en cuando se juntaban alrededor del edificio,
haciendo señas de pandillas.

Al final del torneo, nuestra clase competía por
el primer lugar. Sólo habíamos perdido un partido.
Manteníamos el mismo récord que Sexto C, el
equipo contra el que jugaríamos por el campeonato.
Las niñas de ese equipo parecían estudiantes de
octavo grado. Y algunas de ellas de seguro lo eran
porque habían reprobado un par de años.

El día del gran campeonato, todo mundo estaba
nervioso. Yo tenía que acordarme de respirar.
Tratamos de crear oportunidades desde el principio,
moviendo rápidamente el balón de derecha a
izquierda, usando ambos extremos mientras
tratábamos de encontrar un hueco en la defensa del
Sexto C. No éramos tan fuertes, pero sí más veloces.

Nora, que jugaba la posición de centro delantero
en nuestro equipo, tiró a gol pero el balón pegó en

el poste izquierdo y falló. El Sexto C respondió inmediatamente. Estábamos atoradas. Camila obtuvo control del balón, pero había demasiados defensas cuidándola. Necesitaba pasarlo. Miró y solo me vio a mí, no sé qué estaba pensando. Probablemente que no tenía otra opción. Me pasó el balón mientras tenía yo encima a una chica del Sexto C y corrí con él hacia la portería. Metí el balón entre las redes.

¡Zuuuuum! ¡Goooooooooooolazo!

¡Uno a cero, Sexto A! ¡Éramos los nuevos campeones! Todo mundo estaba emocionado, hasta Camila y Nora. Brincamos y echamos porras con tanta fuerza que sudé más que cuando estaba jugando.

Algo sucedió cuando nos preparábamos para regresar a clase. La reina de nuestro grado me dijo algo amable por primera vez.

—Buen partido —me dijo. Yo asentí con la cabeza y caminé de regreso al salón de clases.

A la hora del lonche, Camila se acercó y me dijo:

—Estaba pensando que a lo mejor podíamos ser amigas. ¡Nos vemos después de la escuela en el EDT!

Y así como así, se alejó caminando.

Normal

CAPÍTULO
24

Camila me invitó a caminar con ellas después del EDT. Luego me invitó a caminar con ellas todos los días para juntarnos. Cuando le conté a Roy, me dijo que no le importaba, que le estaba yendo mejor en la escuela y que simplemente se iría en bici.

Esa tarde le dije a mi Apá todo sobre el partido de futbol y cómo mis compañeras habían cambiado de opinión. Estaba contenta de que él no me haya dejado que me reportara enferma el resto del año escolar. Estaba contenta y las chicas de mi clase finalmente querían ser mis amigas; pero yo había prometido ayudarle con la casa.

—No te preocupes por mí —dijo mi Apá—. La casa estará lista pronto. Y si te quedas conmigo te vas a arrepentir por haber dejado pasar la oportunidad de estar con niñas de tu edad.

—Pero yo quiero estar contigo —le dije.

—Puedes venir los fines de semana —dijo.

Pensé en el siguiente día hasta que me cansé de

seguir pensando. Estaba muy emocionada porque podría hablar con Nora otra vez.

Lo primero que las chicas me dijeron en la escuela la siguiente mañana fue la lista de reglas para pertenecer a su grupo.

—No puedes cambiar tu imagen de una manera drástica o usar algo que nosotras no hayamos visto antes, a menos que nosotras digamos que está bien —dijo Toña.

—No puedes hablar con nadie a quien nosotras no le hablamos, y no puedes hablar con una de nosotras más que con las otras —agregó Camila.

—No te puede gustar ningún chico sin decirnos —aventó Brenda.

—Por ejemplo, a Brenda le gusta Aarón —soltó Camila.

—¡Ey! —protestó Brenda—. No le puedes decir eso. ¡Dile quién te gusta A TI!

—Le diremos quienes nos gustan ya que ella nos diga quien le gusta —dijo Camila.

—A mí no me gusta nadie —les dije. Y no era mentira.

Camila sonrió como un gato.

—Pues cuando te guste alguien, nosotras debemos ser las primeras en saberlo. Entonces te diremos quién nos gusta a nosotras. Cuando eres popular debes de ser cuidadosa —dijo, así como si nada.

Esas eran sus reglas.

Nora trató de decirme algo sobre el comienzo del año escolar.

—Me da gusto que podemos hablar nuevamente —dijo. Lo lamentaba mucho y quería explicármelo. Pero la bibliotecaria nos dijo que guardáramos silencio. Le susurré a Nora que no necesitaba explicarme. Alguien nos volvió a callar.

Para mí era un alivio que la bibliotecaria nos callara. La verdad es que yo quería olvidarme de ello. Si yo me detenía a recordar, podría ser que todo regresara: el silencio, las bromas pesadas, las burlas. Quería disfrutar ser una niña normal nuevamente.

El día siguiente Camila nos dio *pins* de corazoncitos rosas para que nos pusiéramos. Nora dijo que ella hacía ese tipo de cosas amables de vez en cuando. El hecho de que Camila hablara conmigo hizo que las chicas de la clase siguieran su ejemplo. Cuando llegó el momento de estudiar para nuestro examen de ortografía, algunas niñas hasta me pidieron que fuera parte de su equipo. Yo escogí a Nora, claro. Hasta en eso solo hacíamos cosas como grupo. Esa era la regla.

Nuestra primera semana de ser amigas, Camila me llamó por teléfono a la casa y me dijo que ese día todas usarían caquis para ir a la escuela el viernes. Yo habría usado una bolsa de papel sobre la cabeza si ella me lo hubiera pedido. Era lo mismo cada viernes. Eso era algo muy nuestro que hacíamos como grupo.

—Esas niñas en realidad no son tus amigas —me dijo Silvia una tarde. Pero las suyas eran palabras de una persona que nunca había tenido que comer o caminar sola. Durante la noche miré el techo de la recámara durante un largo tiempo antes de dormir. Ya no me sentía tan pequeña.

La casa de las oraciones

CAPÍTULO
25

Mi Apá trabajaba solo en la casa y yo me la pasaba con Nora, Camila y las otras. Ya no le ayudaba tanto, aunque había acordado hacerlo. Eso me hizo sentir culpable, pero me dije que él trabajaba así desde antes que yo le ayudara. Mi Apá estaría bien. Él mismo lo había dicho.

Además, le seguí ayudando los fines de semana. Y cuando la casa, que él llamaba "la casa de nuestros sueños", estaba terminada, tal como mi Apá lo había predicho, no me sentí tan mal.

Después de que el esqueleto de su estructura estaba revestido y todos los cables colgantes estaban ocultos, se veía como muchas otras casas del vecindario, solo que nueva y brillante. En una sola planta había tres recámaras, dos baños, una chimenea y un estacionamiento suavemente pavimentado. Mi parte favorita era el mármol resbaloso que hacía que nuestras suelas de hule rechinaran cuando caminábamos sobre él.

Quizás no era nada extraordinario, pero a mí

me parecía hermoso. Habíamos invertido nuestro sudor. Mi papá lo había reconstruido. Y le habíamos ayudado por lo menos un poquito.

Nos mudamos un fin de semana, subiendo todo a la troca de mi papá. Silvia y yo movimos todas las cosas pequeñas de nuestra recámara. Mi Apá y Ángel Junior cargaron las camas. Tomás, el amigo de mi Apá, y otros hombres con quienes había trabajado, ayudaron con las cosas más pesadas como la estufa, el refrigerador y la lavadora. Después de que terminaron, se sentaron afuera para asar unos bistecs y contar historias en la oscuridad. Se supone que mi Apá no debería comer carne roja, pero era una ocasión especial.

Adentro había juguetes, libros y otras cosas desparramadas por todos lados. La casa parecía que tenía vida. Era como si siempre hubiéramos estado ahí. Prometimos que íbamos a levantar todo el siguiente día. Y mi Amá no parecía molesta por ello.

Esa noche la encontré con mi Apá, sentados en el sillón. Les dije buenas noches antes de irme a la cama. Escuché que mi Amá le daba gracias a mi Apá mientras yo me alejaba. Él susurró que se sentía orgulloso de haber podido darle una casa verdadera a su familia. Era todo lo que él quería. La casa era nuestra, no de otra persona ni del banco. Era nuestra. Él probablemente se durmió en el hombro de mi mamá, susurrando ese tipo de cosas.

Nuestra primera mañana oficial en la casa, saqué el balón de futbol y le pregunté a Clark si quería jugar conmigo.

—Pero se están callados y no jueguen futbol dentro de la casa —nos dijo mi mamá mientras pasaba rumbo a la cocina. No queríamos que ella se enojara y que se quitara la chancla. Por eso, cuando ya no estaba, mejor empezamos un juego de basquetbol dentro de la casa.

Llevábamos casi un juego completo entre las paredes repletas de la sala. El balón rebotó sobre una cascada tridimensional envuelta en vidrio, sobre los trofeos de plástico de la escuela y sobre las enciclopedias con marco dorado. Pronto, Silvia, Ángel Junior y mi Apá se unieron. Clark maniobraba el balón naranja con sus dedos gordos. Pero por más que intentaba, yo era la única González que no podía rebotar más que el sonido. El balón siempre se iba de mis manos.

—Híjole, qué mala eres —dijo Ángel Junior.

Sentí una buena llorada subiéndome al pecho, pero mi papá sonrió

—¡SÍ SE PUEDE! —me dijo mientras me pasaba el balón y hacía un guiño.

—SÍ SE PUEDE es un dicho del futbol. ¡Es lo único que ella sabe jugar! —interrumpió Ángel Junior.

—¡Por lo menos sé algo! —le disparé.

—SÍ SE PUEDE sirve para todo —dijo mi Apá con su sonrisa aún más grande. Las esquinas de su boca temblaban, luchando contra un sonido que amenazaba con explotar y convertirse en un relámpago de felicidad—. Es como la goma.

Su risa contagiosa finalmente hizo erupción y yo me olvidé de sentir pena por mí misma. Todos reímos hasta que las esquinas de nuestros ojos empezaron a humedecerse.

Las cosas iban bien. No dejé que nada arruinara mi estado de ánimo. Yo me estaba divirtiendo, aunque el basquetbol no fuera mi juego. Ahí en ese momento yo era la niña más feliz que jamás había vivido. Le di un fuerte abrazo a mi papá. Luego se lo dije una y otra vez: "soy la niña más feliz". No nos importaba hacer mucho ruido a pesar de que mi Amá nos había advertido. Nunca se quedaba enojada y mucho menos con él. Mi Apá era fuerte como un roble. Nos escondíamos bajo sus ramas como si fuéramos sombras. Sus ramas se mantenían quietas hasta cuando reía a carcajadas.

Pensé que así sería para siempre. Hasta que otro ataque de mala suerte llegó para arrancar sus raíces.

MI APÁ

CAPÍTULO
26

Mi Amá nos despertó para ir a la escuela la siguiente mañana y nos dijo que no hiciéramos ruido porque mi Apá estaba todavía en la cama. Habíamos estado buscando nuestras cosas después de la mudanza. Ni se nos ocurrió que era muy tarde para que mi Apá todavía estuviera durmiendo. Él era quien generalmente nos despertaba. Nunca se quejaba, pero seguramente sentía alivio por tener la oportunidad de dormir un poco más. Me metí a su cuarto y le di un beso de despedida antes de la escuela. Sonrió dormido y me pregunté si estaría soñando algo bonito. De pronto tuve la urgencia de hacer la señal de la cruz delante de él. Mi mamá siempre nos había dicho que nos persignáramos cuando nos fuéramos a dormir. Lo hice tan silenciosamente como podía para no despertarlo.

Cuando regresé a casa después de la escuela, solo encontré a mi abuelita y sus maletas. Ella había estado quedándose en Juárez con una de mis tías. Mi mamá no nos había dicho que ella vendría a la casa.

Le di un beso en la mejilla. Le pregunté si le gustaba la casa nueva y si sabía dónde estaba mi papá. Titubeó antes de contestar que sí con respecto a la casa. Luego me dijo que me sentara. Me dijo que mi Apá no estaba en la casa porque estaba en el hospital. Mi Amá con él, a su lado.

A mi Apá le había dado otro ataque. Una embolia, repetí las palabras dentro de mi cabeza. Era como una bofetada que me dolía más porque no la había visto llegar.

Queríamos visitarlo, pero mi abuelita nos dijo que los doctores del hospital no nos dejarían entrar. Era igual que antes. Sólo los niños mayores de quince años podían entrar a verlo. Me dio esa misma excusa acerca de una enfermedad que andaba rondando y que el hospital no quería que hubiera niños cerca de los pacientes.

Quería por lo menos esperar en la recepción

del hospital. Ella no nos dejó. No nos dejaba hacer nada. Así que me negué cuando ella quiso que rezáramos el Rosario. No obligaba a Ángel Junior y Silvia a que hicieran lo mismo. Me fui molesta a mi cuarto, donde Silvia escuchaba música con sus audífonos mientras desempacaba algunas cosas. Cerré la puerta con candado. Alejó la vista, me dio la espalda, me ignoró.

—¡Niña malcriada, Dios te va castigar! —gritó mi abuela desde la sala y después fue a encender media docena de velas con la ayuda de Clark. Escuché el sonido apagado de sus oraciones golpear las paredes y escurrirse hasta el piso. Me fui a dormir sin siquiera persignarme.

No era la primera vez que mi Apá se enfrentaba a la oscuridad, pero esta vez no lo sentí igual. Mi Amá no nos obligó a quedarnos en la casa después de la escuela. Nos dijo que mi Apá estaba hablando y todo lo demás. Ángel Junior incluso entró a verlo. Todos actuaban como si mi Apá estuviera bien.

Pasó la semana escolar y seguí mis días igual que siempre.

Hasta me quedé guardando libros en la biblioteca de la escuela con Nora y las demás el viernes anterior al inicio de las vacaciones de primavera. Regresé a casa a las cuatro y media. Saqué nieve del refrigerador sin que nadie me mirara. Me la comí en el baño. Me la comí rápido para que no se derritiera y goteara sobre el piso nuevo, lo cual me delataría.

Cuando llegó el Impala de mi tía Tere, anunciando el regreso de mi Amá con sus ruedas chillonas, corrí para encontrarme con ellas. Una por una, mi mamá y mis tías se bajaron del carro, cabizbajas. Me sorprendió verlas tan temprano. Nadie decía nada. Entonces vi lo que no había visto antes. Lo sentí. Quizás era mi castigo como mi abuelita me lo había dicho.

Corrían lágrimas por las mejillas de mis tías. Incluso las mejillas de mi mamá estaban manchadas de lágrimas. Ángel Junior se encerró en su cuarto. Una de nuestras tías separó a Silvia mientras mi Amá sostenía a mi hermanito y le decía:

—Tu papá se subió a su troca y se fue para el cielo.

Mi corazón se detuvo como un aliento atrapado en el interior de mi garganta. Corrí al baño.

—No, no, ¡NO! Se supone que mi Apá iba a mejorar —grité un ruido terrible y vacío, como el de un animal. No sé cuando volví a respirar. No sé cuando salí del baño. Solo sé lo que hice.

Flores

CAPÍTULO
27

Apreté los dientes y me pregunté cómo era posible que algo saliera tan terriblemente mal. Si mi Apá hubiera tomado medicina de verdad, si hubiera dejado de fumar o si hubiera mantenido su dieta, si hubiéramos rezado... tal vez todo habría sido distinto.

Me persigné y junté fuertemente las manos.

—Perdóname, Dios mío. PERDÓNAME, Diosito. Diosito, perdóname A MÍ. Dios, dame. Dios, dame esto que te pido. Te lo pido por favor. Regrésame a mi Apá.

También escuché voces rezando en la sala. Era un sonido espeso y triste, como alguien esperando la caída de melaza en un plato. No me gustaba ese líquido y tampoco me gustaba ese sonido.

Era demasiado tarde. Agarré mi oso del tocador, me acosté en la cama y lloré hasta que no había más agua en mi interior, solo el sabor a sal en mi cara. Pensé que nadie sabía o podía saber. Nadie podía sentirlo a menos que conocieran el dolor. Nadie sabía lo que era no querer abrir los ojos de nuevo.

Cerré los ojos, pero no dormí esa noche. Nadie durmió. Parecía que habíamos rezado muchos días cuando Ángel Junior entró a la habitación y nos dijo que era hora de levantarnos para ir a la funeraria.

Estábamos en las vacaciones de primavera, casi era domingo de Pascua, y quería mejor prepararme para eso. Quería sentarme en la cocina llenando cáscaras de huevo con confeti para hundirlas en tintura de vinagre. Eso significaría que nada de esto estaba sucediendo. Pero la cara de mi Amá lo delataba.

Mi Amá parecía tener cien años de edad. Yo creo que le quedaba, ya que mi Apá bromeaba diciendo que él tenía ciento cincuenta y tres.

En la funeraria todo mundo se sentó junto al ataúd y rezaron aún más. Se levantaban e iban a ver a mi Apá. Todo mundo me decía que yo debería ir al ataúd para despedirme. No sé por qué, pero no quería verlo ahí, acostado y muerto. Todo mundo decía que debía hacerlo. Se lo dijeron a mi hermano Clark; también le dijeron que ahora ya era un hombre así que tenía que hacerlo. Lo hizo. Pero yo no pude.

Mi Amá dijo que alguna gente solo se aparecía cuando alguien se muere, que la muerte los atrae. Había gente ahí como mis tías y Tomás. Había otras personas como la hermana de mi papá que iba y venía, y muchos más que nunca había visto en mi vida. Quería que se fueran. Quería que mi Apá regresara.

El día del funeral, mi mamá se puso un vestido y unas pantimedias negras. Luego sacó nuestra ropa de domingo. Yo me tuve que poner uno de los vestidos de Silvia porque los que estaban en mi lado del armario ya no me quedaban. Mi Amá tomó su rosario, se paró frente a la ventana delantera mirando hacia afuera y esperó que nos vistiéramos.

Cuando estuve lista, entré a la sala.

—Tu papá no quería que lloraras. Recuerda lo que solía decir: los hombres no lloran. Ahora eres un hombre. Tienes que recordarlo —le repitió mi Amá a Clark mientras le abotonaba su mejor camisa de domingo.

Cerré los ojos y todavía podía escuchar la voz de mi Apá decir las mismas cosas. "Cuando me muera no quiero que me lloren, pues por algo pasan las cosas".

Pero no había razón para algo tan terrible.

Mi mamá me dio un bonche de margaritas amarillas, amarradas con un lazo. Conté hasta once, una por cada año de mi vida, aunque me sintiera mayor.

—Ponlas sobre el ataúd cuando empiecen con la tierra —me dijo. No importa que eso no era lo que papá quería. Nos dijo cuando empezó su enfermedad: "Quiero que me quemen y tiren mis cenizas al río. Quiero que me dejen allá de donde vine. Yo vine de los cerros floridos".

Nos apretujamos en el Impala de mi tía y nos llevó a la iglesia. El ambiente era sofocante y el polvo en el aire se pegaba a mi cara. Miss Mickey, la anciana que encendía las velas y limpiaba después de la misa, se portó muy amable. No sonrió. Supongo que sabía algo que yo no sabía porque yo no podía sonreír.

La misa del domingo siempre era eterna. Pensé que sería así, pero no lo fue. Todo pasó muy rápido, como esas pesadillas en donde todo pasa pronto. El cura hizo lo de siempre. Mi hermano y mis tíos cargaron el ataúd afuera. Lo seguimos por la hilera de la iglesia hasta el carro que nos llevaría al cementerio. Bajé la cabeza, pero todavía sentía los ojos de la gente que me miraba mientras pasábamos caminando. Quería que miss Mickey me pellizcara para poder despertar.

Pero no era un mal sueño. Era peor.

Emprendimos camino hacia el cementerio Everest en la carroza de la funeraria. El chofer la llamaba la limusina. Pero no era una limusina; bueno, quizá sí en una película de terror. Dos policías en motocicletas nos escoltaron. Hacían lo mismo para todos los funerales.

A veces, desde el campo de futbol, desde la escuela o desde el parque, veíamos a los policías, la limosina y todos los carros que la seguían por la carretera de la Frontera. Nos quedábamos callados y quietos durante un minuto. Quizás había un grupo de niños en algún lugar que hacía lo mismo para mi Apá.

En el cementerio abrieron el ataúd una vez más para que la gente pudiera decirle adiós para siempre. Nos dijeron que mi Apá nos estaba viendo. Que nos quería. Que era un ángel. Y así se llamaba mi papá. Supongo que Diosito lo habrá planeado así. Pero yo no podía acercarme. Me quedé atrás.

Mi mamá estaba recargada sobre el ataúd con la cara llena de lágrimas. Una mujer se acercó al ataúd, miró hacia dentro y gritó. Entonces todos querían ver lo que había sucedido. Había flores por todos lados, sobre todo aplastadas bajo los tacones de sus zapatos de vestir. Alguien se había desmayado. Ese alguien había sido mi abuelita. Mis tías rociaron agua bendita fría en su cara para despertarla.

La mujer dijo que había sucedido un milagro: que mi Apá estaba llorando. Todo mundo empujó hacia adelante. Alguien me jaló hacia donde olía a perfume rancio de viejita.

El olor era peor que el de los domingos.

Los domingos eran de por sí tristes, pero se iban tal como habían llegado.

La muerte era otra cosa.

No quería mirar, pero todo mundo me empujó. Con su rosario en una mano y el sombrero en la otra había una sola lágrima sobre su mejilla de hule color café. Rodó lentamente a un lado de su nariz hasta que desapareció. Rápidamente miré hacia otro lado y me tapé la cara con las manos.

Esas lágrimas no eran reales. Ese no era mi padre. Traté de borrar ese retrato muerto de mi mente. Ese no era él. Ese no era mi Apá.

Rezaron otra vez, hablaron y depositaron el ataúd en la tierra. Mi Amá me recordó de dejar las margaritas sobre el ataúd. Las lancé rápidamente y me alejé porque era obvio para mí que ese no era mi Apá. Él nos dijo que no lloráramos y por supuesto que él tampoco lloraría.

Cerré los ojos con fuerza y entonces lo miré tal como era. Mi Apá tenía la piel suave y estaba vivo.

Después del Funeral

CAPÍTULO
28

Mi mamá dijo que estábamos de luto y no nos dejó ver la televisión. Busqué la palabra "luto" en el diccionario. Significaba sentir o mostrar aflicción. Yo sabía que haríamos eso con la televisión encendida o no. Un sentimiento no se podía interrumpir con un apagador como si fuera un aparato eléctrico.

Todavía estábamos en vacaciones de primavera, fuera de la escuela. No había nada que pudiéramos hacer además de sentirnos muy tristes por saber que no importaba cuánto esperáramos: mi Apá no regresaría a casa. De todos modos, lo esperé junto a un árbol, fingiendo que aplastaba moras en la tierra hasta que el sol bajó y Silvia me dijo: "Ya métete, tontita".

Mi Amá mandó que se fueran mi abuelita y mis tías diciéndoles que se las arreglaría ella sola. Todo mundo regresó a sus casas con recipientes llenos de lo que había sobrado de la recepción del funeral. Mi Amá había solicitado tiempo libre de su trabajo para poder quedarse en la casa con nosotros.

Los días siguientes miré a la gente que estaba a mi alrededor: mi Amá, Silvia y mis hermanos. Me sentía más triste al mirarlos.

Mi Amá se levantaba todas las mañanas y se ponía un traje de correr negro. Nos alimentaba y hacía las cosas que se debían hacer en la casa. Cuando terminaba de barrer y los platos estaban secos, caminaba alrededor como zombi, obsesionada con encontrar más cosas que limpiar o guardar.

Algunas veces la descubría mirando el interior del clóset. No movía la ropa de mi Apá. Era como si tratara de descubrir algo. No hablaba mucho. Sus labios eran pequeños y apretados. De vez en cuando los veía, luchando contra una mueca. Quizás estaba tratando de no pensar en mi Apá. Se suponía que yo no debía ver eso, pero vi todo tipo de cosas.

Mientras que mi Amá quería tragarse el dolor, Silvia quería gritarle al mundo. Tenía catorce años, entrada en dieciocho. Se alborotaba el cabello en la noche y dormía muy quieta como una momia en un sarcófago. Lo ponía duro con spray la siguiente mañana. No tenía permiso de usar colorete; pero en secreto se manchaba los labios de color granada con un tubo robado de la bolsa de mi tía. Lo hacía en el baño y escondía el lápiz labial en su zapato.

Todas sus amigas tenían novios con quienes se juntaban en el parque durante las vacaciones. Le llamaban por teléfono. Le rogaban que también se encontrara con ellas. Le dijeron que si no lo hacía, ese chico Jimmy, del Dairy Queen y después de la piscina, se olvidaría de ella. Les dijo que no podía, que estuvieran pendientes porque algo terrible había pasado en la casa. Después lloró desconsolada en el auricular. Se supone que no debíamos usar el teléfono, pero ella sí lo hacía. Se ponía su lápiz labial en secreto y exclamaba que todo lo que quería era una vida como la de los demás.

Ángel Junior actuaba como si solo quisiera olvidar. Era el único de nosotros que había visitado a mi Apá en el hospital. Ángel Junior era alto, más alto que mi papá y presumía que podía pasar por un chico de dieciséis. Así es como entró. Nadie sabía lo que mi Apá le había dicho, pero Ángel Junior se aferró a esas palabras de cualquier forma.

Y así como le dijeron a Clark, le dijeron a Ángel Junior que no llorara. Y no lo había hecho. Quizás por dentro o en la noche sí lo hizo. Vivía dentro de sí mismo sin interesarse en el exterior. Pronto, el desinterés se volvió coraje. Enfurecido, dijo que se enlistaría en el ejército tan pronto cumpliera dieciocho. Los reclutadores del ejército tenían una mesa en el mercado. Se la pasaban ahí como perros hambrientos.

—Así te harás ciudadano más pronto. Entonces lograrás que todos tus sueños se cumplan. Serás prácticamente un americano.

Pero Ángel Junior ya era americano, nacido en Texas y solo tenía catorce. Él solo quería estar lejos, donde la ausencia de mi Apá pudiera desaparecer.

Por otro lado, Clark lloraba y lloraba y lloraba. No jugaba con sus juguetes. Puso todos sus carritos Matchbox en una bolsa de plástico y los enterró debajo de la troca de mi Apá. Lloraba en el baño. Lloraba mientras sostenía una pelota. Lloraba poniendo mantequilla de cacahuate en un pan tostado. Lloraba tratando de atar sus agujetas. Lloraba cuando alguien lo veía directamente a la cara. Lloraba porque, sin importar lo que mi Amá dijera, solo tenía siete años y ni siquiera era un hombrecito. Lloraba porque le decían que no llorara.

No éramos los mismos. No seríamos los mismos. Quedarnos en la casa era como habernos metido en un problema y esperar a que mi Amá llegara con su chancla; excepto que no había manera de huir. Y encima del coraje y el temor había una tristeza horrible. Yo deseaba que Silvia me hablara como lo hacía con sus amigas porque solo ella podría saber lo que yo sentía. Me hubiera conformado con uno de mis hermanos, pero no hablábamos entre nosotros.

Habíamos dejado de hablar mucho tiempo atrás. No había razón para ese silencio, solo que nuestras edades nos habían hecho diferentes.

Pensé en lo que estaríamos haciendo con mi Apá.

—A lo mejor estaríamos pintando huevos —le dije a mi Amá. Entonces escuché que Clark estaba llorando otra vez. Mi Amá fue con él y lo abrazó.

—¿Habrá domingo de Pascua? —preguntó.

—Tendremos una cena tranquila y bonita —le dijo mi Amá. Gracias a él, ella finalmente cambió de opinión sobre la televisión.

Nos contó una historia. Antes de que yo tuviera hermanos o una hermana, antes de que yo fuera siquiera una sombra, mi Amá había sido una niña pequeña en un pueblo pequeño donde todos rezaban. Ella tenía mi edad la primera vez que escuchó acerca de esa gran invención americana: el radio. Cuando su tío se mudó a los Estados Unidos y mandó un radio a la casa como regalo, todo el pueblo lo sintonizaba. Lo escucharon por tres semanas seguidas sin parar.

Cuando murió el decano del pueblo, salieron de la casa solo para el funeral. En esos tiempos la costumbre era estar de luto por lo menos dos meses sin diversión alguna. Por supuesto, en aquellos días la radio era otra cosa. El pueblo rezaba y se ponía sus chales negros, pero la radio se quedaba prendida con sus musicales plumas de pavor real, parado a lo alto en su percha.

Mi Amá nos dijo que ella estaba envuelta en silencio, pero que prendería la televisión para nosotros. Le encendió con el volumen súper fuerte. Puso las caricaturas del sábado en la mañana. Se dio cuenta que yo la veía.

—No crezcas para que no sufras —me dijo como si no hubiera estado sucediendo por algún tiempo.

Se acostó en la cama con la puerta de la recámara abierta. Tomó el retrato de mi Apá y le susurro algo que solo era para él. No lloró delante de nosotros. No nos habló de él. El dolor de su corazón no la hizo rendirse. Su silencio era una desesperada canción de amor.

AMIGOS Y MONStRUOS

CAPÍTULO
29

No sé por qué sucedió lo que sucedió. La primera persona que vi, cuando regresé a la escuela, fue Camila. No fue Nora, quien había sido mi mejor amiga y quien había conocido la mayor parte de mi vida. Fue Camila.

Camila se paró frente a mí. Traía puestos unos tenis nuevos con agujetas impecables. Su ropa rosa y verde también era nueva. Tenía un corte de cabello diferente, mucho más corto. Estaba prácticamente brincando de emoción, parecía que se iba partir a la mitad como una sandía madura. No estaban las chicas detrás de ella. Yo también era la primera persona que veía.

—Tuve la mejor vacación del mundo. Fui a la playa en Corpus Christi. Me compré un nuevo traje de baño. Rentamos una van y fue toda la familia. Mira cómo tengo sol en la nariz. Mira. Me salieron pecas. Traje arena en un frasco. Lo traigo en mi mochila. Lo vas a ver cuando lleguen las demás —dijo Camila de un tirón, emocionada. Estaba segura que nadie podría superar su experiencia–. Y tú, ¿qué hiciste?

—Fui al funeral de mi papá —dije bajito, con la lengua tiesa. O quizá solo imaginé que lo dije. Quizás no me escuchó. Quizás mi lengua estaba tan seca que no pude hablar. Quizás no supo qué responder. Quizás no lo hizo a propósito, pero Camila no dijo nada. Sus ojos no dijeron nada y su boca ni siquiera se movió.

Sentí como si mi papá no existiera. Yo no existía. Me callé la boca después de eso. Sólo escuchaba.

Todos los niños a nuestro alrededor hablaban de sus vacaciones de primavera y lo que habían hecho para Pascua. Hablaban de la nueva ropa de domingo que les habían comprado sus papás. Las niñas estaban emocionadas por sus vestidos nuevos. Los niños odiaban haber tenido que usar pantalones y corbatas. Algunos niños hablaban sobre días de campo con sus familias. Otros niños presumían largos viajes en carro para visitar a parientes lejanos. Todo mundo repartió lo que había quedado de sus dulces de Pascua. Yo tomé algunos y los puse en mi mochila.

Eventualmente Camila retomó la conversación.

—Me encanta la playa —dijo—. Tu familia debería ir algún día.

Continuó sin parar sobre su viaje y su ropa nueva. Tenía tres trajes nuevos aunque solo hubiera un Domingo de Pascua. A sus hermanas también le habían comprado tenis nuevos. Hablaba y hablaba sin hacer más preguntas.

Cada vez que otra nueva chica del grupo llegaba, Camila empezaba su historia desde el principio y repetía cada detalle hasta las agujetas. Le dijo a las chicas cómo todos en la playa usaban el cabello corto, así que ella se lo había cortado también. Habló y habló hasta que sonó la campana.

Toña y Brenda nos mostraron sus nuevos vestidos cuando caminábamos a clase. Ambas tenían faldas compradas en la tienda de adolescentes del centro comercial. Cuando Toña me preguntó si tenía un nuevo traje, me retorcí dentro de mi ropa, apenada. Sabía que todos irían bien vestidos así que me puse unos bonitos pantalones capri y una camisa estampada que había usado antes para ir a la iglesia. No teníamos ropa nueva; pero, por lo menos, mi mamá no nos había obligado a ir vestidos de negro.

No sabía qué decir cuando Nora llegó para salvarme. Ella interrumpió con una historia acerca de cómo había visto a un montón de chicos y chicas de secundaria besuqueándose en el parque durante las vacaciones. Ella iba con su hermana rumbo al Centro. De eso hablaron hasta que sonó la segunda campana y empezó la clase.

No puse suficiente atención para saber si la clase había sido la misma de siempre. No levanté la mano cuando la profesora hizo preguntas. Abrí mi libro en cualquier página. Traté de ser invisible como cuando no tenía amigas. Saqué de mi mochila pequeños bombones de Pascua, les quité sus envolturas de plástico y los metí a mi boca. Cuando la maestra llamó mi nombre para la hora de lonche, me paré en la fila como simple reflejo. Estaba cerca del frente. Cargué mi charola con Sloppy Joe y papas. Encontré una mesa desocupada. Me senté. Las otras chicas todavía estaban poniendo cosas en sus charolas. Abrí mi cartón de leche y me eché un trago. Me sentía como con ganas de vomitar; ahí, en ese momento y en ese lugar.

Roy me encontró y se fue a sentar conmigo. Me miró en silencio al principio. Me dijo que pusiera la mano. Lo hice, y él puso la suya encima de la mía y dejó caer un beso rosa de chocolate Hershey's. Por unos segundos sostuvo su mano encima de la mía. Cuando giré la cabeza, Camila caminaba hacia nosotros, pero algo estaba mal. La sangre se le subió tanto a la cara que se puso toda roja. Entonces giró como si estuviera haciendo una finta en la cancha de futbol y caminó en dirección opuesta.

Brenda y Toña la siguieron. Camila se sentó a dos mesas de distancia y llamó a Nora, que estaba parada en medio de la cafetería. Ella y yo nos miramos, tratando de entender por qué no nos habíamos sentado juntas.

—Pensé que no había nada con Roy. Ella todavía es una perdedora. Por eso ya no podemos ser su amiga —rugió Camila en voz alta.

Yo no entendía. Roy era el que se había acercado. ¡Estaba celosa! Ese era el gran secreto de quien le gustaba. Por eso me odiaba tanto. Pero Roy solo era mi amigo.

Antes de que pudiera explicar o pensar bien lo que había pasado, Nora hizo algo que yo no esperaba. Le respondió abruptamente a Camila:

—Deja de ser tan mandona. Estás mal. Aunque tú no puedas ser su amiga, yo sí puedo.

Caminó hacia mi mesa. Nora dejó su charola y me abrazó. Yo miré por encima de ella y vi que la cara de Camila estaba doblemente enojada. Roy estaba concentrado en su comida. Ni idea tenía. Probablemente ni siquiera se había enterado de que Camila lo había señalado como suyo.

Le di a Roy mis papas. Él y Nora se sentaron conmigo hasta que sonó la campana. Yo no sabía cómo explicarlo. Pensé que debía sentirme mal, pero ya no había espacio para ello. Quizás tener amigos verdaderos era cien veces mejor que ser un clon de Camila. No les dije acerca de mi Apá. No lo tenía que hacer porque sus miradas me dijeron que ellos ya lo sabían. Sus Amás probablemente habían hablado con la mía. Nora y Roy no dijeron nada y yo no dije nada. Me parecía más a mi Amá de lo que pensaba, y me alegraba ese silencio.

FRIENDS

LA OTRA RECONCILIACIÓN

CAPÍTULO
30

Cuando sonó la campana, Nora me siguió a través del laberinto de niños que salían del edificio, pasamos el cerco de la escuela y caminamos a casa solo nosotras dos para variar.

–Gracias por defenderme –le dije.

–De nada, pero no soy una santa. También lo hice por mí. Esas niñas nunca fueron buenas conmigo. Ni siquiera son buenas con ellas mismas. Escucha, hay algo que te quiero decir. Traté de decírtelo una vez en la biblioteca. Dijiste que no era necesario, pero creo que sí lo es.

–¿Me vas a decir que no puedes ser mi amiga otra vez? –le pregunté. Me miró como si le hubiera dado un pelotazo en la cara.

–No estés enojada. Supongo que lo merezco –me dijo–. Quería ser popular, y sí lo fui. Pero ser parte de su grupo era horrendo. Claro, fue bonito al principio. Ellas hablan y hablan sobre ropa y amigos. Pero no hablan de otra cosa. Se vuelve aburrido después de un tiempo. Pensé en reconciliarme contigo varias veces. Tenía miedo de que me dijeras que no te molestara, y entonces terminaría sola. Y me lo hubiera merecido, ¿verdad?

—Yo estaba bien sola.

—Siento mucho no haber estado para ti antes. Quiero que seamos mejores amigas. ¿Podríamos volver a comenzar el año y ser mejores amigas otra vez?

—No podemos empezar el año de nuevo, pero podemos ser amigas —le dije. La abracé y ella me abrazó de vuelta. Entonces lloramos las dos. Lloramos por mi papá. Lloramos por todo lo que habíamos perdido. Lloramos y lloramos hasta que nos empezamos a reír. Nos callamos cuando llegamos a mi casa. Me dijo que entendía que mi familia quería estar sola; pero que no podría dormir por la emoción de saber que seríamos amigas de nuevo.

Nora y yo pasábamos todo nuestro tiempo libre juntas después de eso. Camila volvió a decir cosas feas de mí cuando yo estaba sola, pero casi nunca estaba sola. Algunas veces Roy se reunía con nosotras para el lonche.

Nora y yo caminábamos a casa juntas los días que yo no tenía EDT. Le dije todas las cosas que nunca diría delante de las clones. Así nos actualizamos en todo el año. Y le conté sobre la enfermedad de mi papá, sobre leer sola en la biblioteca, sobre finalmente tener que usar las cosas que estaban debajo del zinc del baño, sobre nuestra nueva casa y sobre hacer la tarea con Roy.

—Yo creo que a Roy le gustas y eso hace que Camila quiera escupir —me dijo Nora. Era por la forma en que él me había dado ese beso Hershey's.

—¿Cómo crees? —le dije—. Es mi amigo. Ni que me hubiera agarrado la mano o algo así.

Me hizo admitir que era guapo y que no tendría nada de malo si fuera verdad. Nora me dijo que Roy siempre había sido el amor secreto de Camila. La reina pensaba que el chico y la chica más populares de la escuela deberían estar juntos.

El año pasado hasta había tallado el nombre de Roy dentro de un corazón en el enorme roble que estaba afuera de la biblioteca.

Nora me contó que su hermana se había casado con su novio y se había mudado de su casa. Me contó de su primer lugar en la feria de ciencias y sobre su vida con Camila. Aun siendo parte de su grupo, Camila la había hecho sentir menos que ellas por no haberlas conocido desde el primer grado ni haber entrado al EDT. Nora siempre era la última a la que le contaban cosas o a la que invitaban a lugares. Me confesó todo.

Me contó cómo miss Hamlin descubrió a Camila copiándole a Brenda. Camila lloró y le dijo que lo había hecho porque tenía miedo que su trabajo no fuera tan bueno como el de su familia, que estaba formada por puros maestros inteligentes. La miss sintió pena por ella y ni siquiera le dijo al director.

Así fue como Nora dio por hecho que Camila era un gran fraude.

—Ser parte del grupo de una niña tan falsa no era suficiente para perder a mi mejor amiga. Sólo que no sabía cómo volver —me dijo.

—Estoy hasta aquí de Camila —le dije.

Hicimos un pacto de ya no hablar de esas niñas. Prometimos hacer cosas solo porque queríamos hacerlo y no solo para medirnos con Camila.

Mi Amá empezó a dejarme ir a casa de Nora por una hora cuando no tenía EDT. También me dio permiso de invitar a Nora y a Roy. Pero dijo que solo sería para hacer la tarea. Nora y yo nos retábamos para ver quién podía terminar primero la tarea y obtener las mejores calificaciones.

Un día, miss Hamlin anunció un examen muy importante. Era para que sus jefes supieran que los niños de nuestra escuela iban por buen camino. También sería para decidir si estábamos listas para continuar al siguiente grado. No medía lo que habíamos aprendido en la clase. No hacía preguntas sobre las lecciones. Era sobre matemáticas en general, lectura y escritura. Todos los estudiantes del estado tendrían que tomar ese examen.

Nora y yo jugamos una carrera para ver quién terminaba primero. Yo le gané.

Al final de abril, mi Amá me recordó que ya no podría estudiar con mis amigos después de la escuela durante mayo porque era el Mes de María. Sólo me permitiría asistir al EDT.

Le conté a Roy y a Nora. A Roy no le importó. Nora decidió asistir al Mes de María conmigo. Nunca había participado. Sus papás nunca la habían obligado a ir a la iglesia por el hecho de que nunca habían decidido a cuál iglesia ir. Su papá era metodista. Su mamá era católica. Nora no sabía de qué se trataba una religión o la otra.

—Supongo que eso quiere decir que soy una "catodista" —me dijo un día.

Silvia puso sus ojos en blanco cuando entré al cuarto esa noche y le dije que Nora iba a participar con nosotros en el Mes de María.

—Sensacional —dijo—, ahora habrá dos Chelas.

Yo estaba bien emocionada.

Caminamos directamente a la iglesia después de la escuela. Mis papás me habían dado un velo como regalo después de nuestras últimas ofrendas del año pasado. Yo lo cargaba en mi mochila todo el día. La corona tenía pequeñas perlas y hojas de plástico que se llenaban de vida con la luz del sol. Me puse bien feliz cuando lo recibí. Sólo las niñas con impecables calcetines blancos y vestidos nuevos cada semana tenían sus propios velos.

—Solo es para la iglesia. Da mala suerte usarlo dentro de la casa —me advirtió mi Amá.

Recordé que mi Amá me había dicho eso mismo una vez, cuando abrí un paraguas dentro de la casa. No le había hecho caso entonces. Como si fuera un libro, leí las partes del paraguas, deslicé mi mano por su mango y por cada uno de sus huesos. Pero ahora sí le hice caso. Tenía tanto miedo de lo que decía como cuando mi abuela nos dijo que Dios me castigaría. Ya habíamos tenido suficiente mala suerte y castigo.

Ni Silvia ni Nora tenían sus propios velos. Buscaron entre la caja de las cosas prestadas cuando llegamos a la iglesia. Estaba llena de rosarios, alfileres para el cabello, velos y otras cosas. Encontré a miss Mickey. Caminé hacia ella.

—Miss Mickey —le dije bajito—. Miss Mickey, ¿Dios castiga a los que no rezan?

—Mija, Dios quiere que recemos. Quiere escuchar de nosotras lo que está en nuestros corazones. Pero Dios no castiga —apretó mi hombro. No era para nada un pellizco—. Ten fe, mija —me dijo.

Vi que Silvia y Nora caminaban hacia mí. Me acerqué a una de las bancas de la iglesia, me hinqué, me persigné y recé. Me concentré mucho. Recé por mi familia. Una por una, todas las niñas se hincaron. Miss Mickey repartió flores. Yo conté los pétalos y escuché la canción de las monjas.

Hubiera podido escuchar esa canción para siempre.

SOBRE hermanos Y hermanas

CAPÍTULO
31

Mi Amá se inscribió en una clase de la YWCA, de seis a nueve de la noche. Estaba estudiando para obtener una licencia de manejar. Tomaba el camión para ir a su clase. Quizás no haya nacido en carro; pero mi papá había dejado su troca y ella estaba convencida de que tenía que aprender a manejarla.

Ángel Junior también quería aprender a manejar. No tenía la edad todavía para un permiso, pero dijo que quería tomar la troca roja para manejar y olvidar. Y sí que lo olvidó. Se olvidó completamente de la troca tan pronto mi Amá le compró una patineta. Todos sus amigos tenían patinetas. Construyeron una rampa en nuestro patio trasero con la madera que había dejado mi Apá. Ellos mismos se enseñaron a hacer trucos. Sus patinetas golpeaban el pavimento mientras yo hacía mi tarea y de vez en cuando alguno de ellos entraba para que les curara sus raspones.

Mi Amá le pidió a Silvia que nos cuidara a

Clark y a mí tres noches a la semana. Me quejé de necesitar una *babysitter*. Silvia no se quejó de nada. Ella no tenía nada que hacer desde que sus amigas se habían metido en problemas por faltar a la escuela para juntarse en el parque. Un trabajador del parque las había descubierto y llamó a sus papás.

La mayoría de las amigas de Silvia estaban castigadas y tenían que permanecer en sus casas hasta el fin del año escolar. Eso significaba que ni siquiera podían ver a los chicos. Silvia no estaba con ellas ese día; pero nos confió que, de todos modos, ya estaba fastidiada de los chicos. Ese tipejo del Dairy Queen y después de la piscina había empezado a platicar con otra chica.

Mi mamá le dijo a Silvia que tenía suerte de no haber estado afuera en el parque y que más le valía que no platicara con chicos hasta que cumpliera quince años. Silvia aceptó porque sabía que no faltaba mucho para cumplir los quince.

La primera vez que Silvia se encargó de nosotros empezó a actuar más vieja de lo que era. Nos decía que éramos unos niños como si pensara que ella fuera mayor que todos nosotros juntos. La anciana probablemente ni siquiera se acordaba de cómo, a los once años, voló sobre el pavimento por abrir la puerta antes de que la troca se detuviera.

Silvia nos llevó a la Misa de María en cuanto salimos de la escuela. También Clark nos acompañó. Cuando llegamos a casa, ella se puso sus audífonos y nos ignoró.

Estaba molesta porque Ángel Junior no tenía que hacer nada. Ni siquiera tenía que cuidar a Clark cuando íbamos a la iglesia. Ángel Junior solo se encerraba con sus juegos de video y su patineta. Como no podía invitar a sus amigos a la casa sin que estuviera mi Amá, se desquitaba con nosotros.

Le dije a Clark que debíamos unir nuestras fuerzas o no tendríamos ningún chance contra Silvia. Ella no nos dio de comer así que Clark y yo agarramos un bote de caldo de pollo de la alacena. Lo abrimos y lo vertimos en un contenedor de plástico que luego metimos al microondas. Clark había sacado dos tazones antes de que sonara la señal de que había terminado. Yo serví la mitad del caldo en cada uno de los tazones. Partí un limón grande y lo exprimí en el caldo. Nos sentamos y comimos juntos. Finalmente, rescatamos todos sus carritos favoritos de debajo de la troca de mi Apá.

Había dos cosas importantes que yo recordaba de cuando Clark había nacido. Lo primero era que Ángel Junior quería que se llamara Supermán y mi Apá sugirió que mejor se llamara Clark. ¡Hombres tenían que ser!

Lo segundo fue que Silvia me dijo que Clark era el nuevo bebé y que yo ya no podría dormir en la cama con mi Amá y mi Apá. Y como para demostrar que ella tenía razón, a Clark se le amamantó hasta después de que pudiera caminar. Eso me hizo odiarlo por mucho tiempo, pero ya no.

La segunda vez que Silvia nos cuidó, no hizo nada más que ser una mandona. Yo trataba de evitarla. Clark y yo nos sentamos afuera, donde hasta los nopales querían morirse de la sed. Miré nuestro patio trasero con la nopalera, el polvo y las rocas. Miré que una lagartija vestida de arena se escurría por un lado de la casa, donde el zacate había crecido alto y verde. La lagartija espía encontró lugar en el porche. El sol se había acomodado perfectamente para dar suficiente sombra al pequeño cuerpo de la lagartija. Le pregunté a Clark si quería un frasco de mayonesa para capturarla. Clark dijo que no. Le caía bien y no quería que se fuera. Cuando Silvia nos dijo que teníamos que meternos y hacer la tarea, yo quería que ella fuera como antes para que nos volviera a ignorar.

Clark se aguantaba. Era un cachorrito nervioso junto a ella. Silvia debe haberse sentido mal porque le ofreció ayudarle con su vocabulario.

Sostenía sus tarjetas rojas y lo obligaba a usar esas palabras en oraciones.

La primera palabra que le mostró fue "Arte".

—Ya me *arté* de comer sopa —dijo Clark.

—Harté es con H, bobo. La sopa de mi Amá es una obra de ARTE; no es para que te HARTE.

Su cara se puso el color de las tarjetas y se rió. Entonces ella también se rió. Al final de la tarde hasta parecía que se estaban divirtiendo. Él le dio un abrazo. Ella se lo regresó.

La tercera vez que Silvia nos cuidó, ella limpió su propio clóset. Juntó pilas de ropa que ya no deseaba usar en mi cama. Alguna ya no le quedaba. Otra simplemente le aburría.

Le pregunté qué hacer con ella. Me dijo que yo podía usar la ropa si la quería. La empecé a colgar en mi lado del clóset. Eran algunas de mis favoritas. Heredé un par de vestidos nuevos, faldas, camisas y una *bandana* para el cabello. No eran nuevos, pero para mí sí lo eran. No creí que ella quisiera que la abrazara, así que solo le ofrecí una sonrisa boba. Le pregunté si quería sopa de fideos con Clark y conmigo. Ella respondió que sí, pero prefirió encender el quemador y calentarlo encima de la estufa.

Nos sentamos en el sillón, mirando un programa repetido en la televisión. Entonces Ángel Junior salió de su cuarto y se sentó con nosotros.

—Psst —dijo como si fuera un agente secreto—, tengo cierta información.

—¿Qué? —preguntó Silvia. Ángel Junior nos pidió que juráramos no divulgar el secreto. Mientras estaba arrancando las hierbas a un lado de la casa, descubrió un segundo cordón de cable colgado de la pared exterior de la casa del vecino. Él lo había metido debajo de nuestro cerco.

Silvia le preguntó si eso era legal. Él dijo que lo pagaría arrancando las hierbas del vecino. Ángel Junior salió de la casa caminando. Metió el cable por la ventana, regresó y lo conectó a la parte trasera de nuestra televisión. ¡La encendió y funcionó!

Vimos televisión. Nos reíamos sin que mi Amá nos descubriera. En medio de todo, Clark y yo ofrecimos meter una bolsa de palomitas al microondas. Silvia nos siguió a la cocina. Nos dijo que hiciéramos de las que no tenían sal.

Esa noche no lloré por mi Apá.

Otro año

CAPÍTULO
32

Terminamos el programa de después de la escuela. Me daba gusto ya no tener que estar sola junto a Camila, aunque fuera a extrañar los trabajos que nos dejaban. Miss Hamlin pidió una pizza para nosotros y tomó fotos del grupo. Nos dio camisas especiales del EDT y regalos de despedida sin importar que fuera la misma maestra que seguiríamos viendo hasta que terminara el año escolar. Las camisas del EDT eran azul y blanco con nuestros nombres bordados.

Miss Hamlin pidió a nuestras mamás que vinieran a las cuatro para tomar refrescos y galletas. Las otras madres estaban vestidas con faldas floreadas y blusas abotonadas. Mi mamá llegó con los pantalones de mezclilla que siempre usaba para trabajar. Para mí se veía mejor que cualquiera de las mamás bien vestidas.

Miss Hamlin hizo un resumen del programa. Hasta practicó con mi Amá algunas de las frases en español que había aprendido. Mi Amá sonrió amablemente y la saludó de mano, aceptando las cosas que mi profesora le decía. La miss le dijo que yo era una de sus estudiantes más entusiastas. Yo levantaba la mano más que las otras.

Después de que dijimos adiós, mi Amá y yo caminamos al mercado.

—Se me ocurrió que podrías ayudarme con las compras para tu cena de cumpleaños —me dijo— ¿Qué quieres que cocine para ti? —ya se acercaba el momento, pero yo ni siquiera había estado contando los días.

—Quiero tortillas de harina hechas a mano con chiles rellenos —le dije.

—¿Cuántos quieres? —me preguntó.

—Unos cincuenta. ¡Me los voy a comer todos! —le dije.

Las dos nos reímos. Entonces me dijo que era una marranita. Se me hacía agua la boca nada más de pensar en esos chiles. Mi mamá ya no cocinaba para nosotros. Debido a su trabajo, nos alimentábamos nosotros mismos después de la escuela. Yo le pedí permiso de invitar a Nora a mi cena de cumpleaños. La respuesta fue que sí.

La mañana que cumplí doce, mi mamá tocó un disco de Pedro Infante cantando las mañanitas para que yo me despertara. Era la canción oficial de cumpleaños. No le dije a nadie de la escuela que era mi cumpleaños. Ni siquiera a Roy. Miss Hamlin tampoco se dio cuenta. Así era ella. Le pedí a Nora, la única persona que lo sabía, que guardara el secreto.

Nora me dio una pulsera de amistad con mi nombre. Me enseñó una idéntica con su nombre.

—Es para mostrarles a todos que somos *best friends forever* —dijo.

Esa tarde anunciaron los resultados de los exámenes estatales sobre el intercomunicador de la escuela. A todos les fue bien, pero ellos querían dar a conocer que había una persona en nuestra escuela que había obtenido la calificación más alta de nuestro grado para el distrito. Todos esperaban oír que se trataba de Camila. Entonces el director leyó mi nombre a través de las bocinas. Me había sacado un 98 por ciento en matemáticas y un 99 por ciento en lectura y escritura.

—Ahora tenemos dos razones para comer pastel —dijo mi mamá cuando llegué a la casa y le conté.

Nora y yo tatemamos y pelamos los chiles. Mi Amá batió las claras de huevo hasta que volteó el tazón y no se salía nada. Rellenó los chiles con queso y los hundió en el batido de huevo. Luego los puso a freír. Clark le ayudó a Silvia a ponerle betún al pastel. Ángel Junior esperó afuera en su patineta. Cuando todo estaba listo, tomamos la charola de chiles y la llevamos al comedor donde comimos y comimos y comimos. Nora le dijo a mi mamá que todo estaba delicioso.

Después de comer chiles, Silvia sacó el pastel con doce velitas. Ángel Junior las encendió. Todos me cantaron el *Sapo Verde* como lo hubiera hecho mi papá.

Sapo verde tuyú, sapo verde tuyú, sapo verde,
dir Chela...

Era una canción especial, aunque fuera de
burla porque rimaba con *Happy Birthday*, porque
mi Apá siempre la cantaba.

—Apúrale y pide un deseo antes de que se
derritan las velitas —escuché que dijo Clark. Pedí
un deseo, pero no le dije a nadie lo que era para
que se pudiera cumplir. Soplé fuerte a las velitas.
Tenía que apagarlas todas al mismo tiempo.

—¡Yey, las apagaste todas! —gritó Clark,
emocionado.

Mi mamá trajo una caja envuelta en papel
morado. Era de parte de todos ellos, dijo. Clark
me apuró para que la abriera. Hasta me ayudó a
romper el papel.

—¡Espérate tantito! —le dije.

Era un par de tenis nuevos. Eran de piel blanca
como los que usaban todas las niñas de la escuela.
Me quité los rojos que traía puestos y que estaban

gastados de las suelas y las puntas por tanto jugar futbol. Me puse los nuevos. Eran de lo mejor. Caminé en el patio trasero dándole abrazo a todos. Cuando llegué a Ángel Junior, él me abrazó y me dijo que esperaba que ya dejara de ser una nerd ahora que era mayor.

Me puse los tenis viejos para acompañar a Nora a su casa. Cuando volví, todos estaban sentados en el patio trasero junto a la banca de mi papá. Afuera hacía tanto calor que parecía verano, pero no me quejé. Mi Amá empezó a contarnos una historia acerca de cómo fue que estuvo en el equipo de basquetbol de niñas cuando era chica. Hasta fueron a la capital a jugar en el campeonato.

—Amá —bromeó Ángel Junior—, ustedes no jugaban basquetbol en su ranchito, ¿a poco rebotaban las piedras?

—¿Ah, sí? Tráeme la pelota —dijo. Clark salió y le llevó la pelota. Ella la hizo girar en la punta de un dedo.

—¡Órale! —gritó Clark.

—Presumida —dijo Silvia.

—Uy, mi Amá sabe divertirse —dije.

—¡Eso no es nada! —dijo mi Amá. Botó la pelota y la pasó. Yo tropecé mientras corría a detenerla, gritando de emoción. Todos nos reímos y gritamos.

Esa noche estuve dando vueltas en la cama. Soñé con mi papá. Mi mamá lo empujaba en una silla de ruedas con un anuncio estampado en la parte trasera con letras blancas que decía "propiedad del hospital del condado". Él traía puesta una camisa nueva y nos preguntó si nos gustaba. Yo dije que sí, pero entonces empecé a llorar porque recordé cosas feas. Se lo dije. Él me dijo que esas cosas feas jamás habían sucedido.

Mi papá esbozó una gran sonrisa. Nos dijo que todo había sido una pesadilla o quizás un chiste. No tenía nada de chistoso, pero lo abracé. Estábamos felices. Hicimos las cosas que siempre hacíamos. Fuimos al parque y jugamos futbol. Comimos el pastel que quedaba y miramos una película hasta tarde en la noche. Se le olvidaron sus lentes y yo le leí los subtítulos. Luego me dijo que alguien debería darme un trofeo de lectura. Ese sueño dio vueltas en mi cabeza como una película que se repetía y repetía una vez tras otra. Cuando desperté, sentí ganas de tomar un pequeño martillo y pegarme en la cabeza porque el sueño había terminado.

ESTUDIANTE DISTINGUIDA

CAPÍTULO

33

Miss Hamlin me apartó para decirme que formaba parte del cuadro de honor. Mis calificaciones eran las más altas y recibiría el premio para la estudiante más destacada en lectura de nuestro grado. A Nora le iban a dar el premio de ciencias. Camila recibiría el premio de matemáticas.

Mi Amá estaba muy emocionada cuando le dije. Hasta ofreció comprarme ropa nueva para la asamblea de premiación. No podía ser algo muy lujoso. Sería la última ropa nueva que yo obtendría durante un tiempo. Tendría que usarla para la iglesia y también para otros eventos especiales. Le agradecí, pero no la necesitaba. No me parecía justo. No nos alcanzaba para comprar ropa nueva para todos y era el último día de escuela también de mi hermana y mis hermanos.

Decidí usar algo de la pila de ropa que recibí de Silvia cuando ella limpió su lado del clóset. Silvia cuidaba muy bien sus cosas y la mayoría estaba prácticamente nueva. Me puse una falda caqui, una camisa de botones morados y mis tenis nuevos.

Todos en mi casa se vistieron bien.

—Te verías mejor con el cabello fuera de los ojos. ¿Te lo puedo cepillar? —preguntó Silvia.

Me senté en el piso enfrente del sillón rojo y dejé que hiciera lo que ella quería. Jaló mi pelo en una colita de caballo. Ángel Junior y Clark intercambiaron miradas y se burlaron mucho. Nos dijeron "niñas". A mí no me importaba porque ÉRAMOS niñas.

Todo el sexto grado sabía quiénes recibirían los premios, pero no sabíamos quién ganaría el trofeo de Alumna Distinguida. Era la parte más emocionante. Nora y yo pensamos que podíamos estar en competencia cercana con Camila. Cada una de nosotras recibiríamos por lo menos uno de los premios importantes. Solo la niña y el niño más inteligentes y más populares habían obtenido ese premio anteriormente. Éramos inteligentes, pero Camila era la más popular.

Sonó la campana a la 1:30 para que hiciéramos una fila y entrar a la cafetería. Había hileras e hileras de niños por todas partes. Todos traían su mejor ropa. Hacía un ruidajo. Las patas de metal de las sillas raspaban el piso cuando los niños se movían en sus sillas y susurraban emocionados.

El estandarte de la escuela colgaba del techo sobre el estrado, junto a una de las paredes de la cafetería. Había un podio con micrófono en la parte izquierda y una mesa a un lado con toda una línea de trofeos.

Nos sentamos con nuestras maestras. Las maestras sostenían carpetas llenas de asistencia perfecta y certificados de buena conducta para cada uno de sus grupos. Había una sección diferente separada para nuestras familias. Clark se metió para sentarse con mi mamá, aunque él se suponía que debía estar con su grupo. El director encendió el micrófono y éste emitió un chirrido, anunciando así que la premiación estaba por comenzar.

Guardamos silencio. El director carraspeó y llamó a los maestros, uno por uno. Primero repartieron los premios para los de prekínder, kínder, primero, segundo, tercero, cuarto y quinto grados. Cada vez estábamos más cerca.

Cuando llegaron a nosotros repartieron los premios de buena conducta y los de asistencia perfecta. El mismísimo director anunció los premios. Sacó su carpeta. Llamó a Nora para el de ciencias, a Camila para el de matemáticas y algunos otros niños de otras clases para otras materias. Cuando dijo mi nombre caminé al estrado y me entregó el trofeo de lectura. Me quedé quieta hasta que sentí el flash de la cámara de mi mamá y luego me fui a sentar.

Los trofeos de Alumno y Alumna Distinguidos eran los premios más importantes, así que el director esperó hasta el fin para anunciarlos. Cuando el director dijo el nombre del niño, no nos sorprendió. Roy siempre había sido el más popular de la escuela. También había logrado subir sus calificaciones.

Nora y yo cruzamos nuestros dedos y nos deseamos suerte con sinceridad. Y luego dejamos que nuestros pies bailaran nerviosamente dentro de nuestros tenis blancos.

—Y este año, el trofeo de Alumna Distinguida será para una niña de quien todos estamos orgullosos. Está en el programa para niños talentosos y en deportes. Muchos de sus compañeros de clase la admiran, y su profesora la recomendó muy ampliamente —el director hizo una pausa y yo crucé mis dedos tan fuerte que se volvieron blancos.

—La Alumna Distinguida es la señorita Graciela González. Ven, Chela. ¡Sube!

Subí al estrado y me paré junto a Roy. Lo miré a los ojos y vi algo que no podía nombrar. Sentí un escalofrío a pesar de que era solo un amigo. ¡Apretó mi mano enfrente de todos en la escuela y me felicitó! Todos aplaudieron.

Sí era como estar parada en el techo del edificio más alto del centro de la ciudad. Excepto que cuando miraba hacia afuera, mi papá no estaba ahí. Traté de no pensar en ello en ese momento.

Clark me abrazó cuando bajé del estrado. Hasta lo escuché presumir con todos sus amigos que yo era su hermana. Dijimos adiós a todos los compañeros de clase y maestros. Ya habíamos dicho adiós en clase, pero lo hicimos de nuevo. Nora, Roy y yo hicimos planes de vernos ese verano.

Mi Amá puso su brazo alrededor de mi hombro y me dijo que estaba orgullosa de mí cuando salimos de la cafetería. Fue uno de esos momentos en que la vi sonreír con todos sus dientes otra vez. Yo sonreí de regreso. La besé y le dije que yo también estaba orgullosa de ella porque había pasado su examen de manejo esa misma semana. Manejamos a la casa en la troca y no fuimos a la Misa de María. Mi Amá preguntó si queríamos ir a Whataburger, pero estábamos llenos por las fiestas escolares.

Lo primero que vi cuando llegamos a casa fue la vieja banca de mi papá en el porche. Un millón de emociones me llegaron de pronto tan rápidamente que fue difícil luchar contra ellas. Era como tropezar y caer en un hoyo. Me senté. Supe en ese momento que mi papá ya no regresaría. Nunca hubiera faltado a este gran día.

gusanitos

CAPÍTULO
34

La siguiente mañana, yo estaba acostada en la cama, pensando en que yo había sido la sombra de mi Apá. Cuando algo salía mal, mi Apá era mi árbol fuerte, mi roble. Yo me escondía bajo sus ramas. Miré mis dos trofeos en el tocador. Me di vueltas en la cama. No quería sentirme mal por haberme sentido tan feliz. Quería contarle a mi Apá sobre mis premios. Quería compartirlos con él. Recordé que mi Apá decía "Sí se puede" y lo aplicaba a cualquier cosa.

Salté de la cama y me bañé. Mi cara me observó en el espejo del baño. Me puse los pantalones de mezclilla y una camiseta. Quería verme tan normal como fuera posible. Peiné mi cabello desordenado con los dedos mientras caminaba al cuarto de mi mamá.

Una botella lujosa con una delicada bombita que había dejado mi abuela estaba en el tocador de mi Amá. Me rocié de perfume. Me lo puse como una persona se pondría un sentimiento. No era que yo quisiera estar triste. Me lo puse para recordar.

—Ya me voy, Amá —le grité al cerrar la puerta detrás de mí.

Le dije a mi Amá que iba a la iglesia para darle gracias a Dios y que regresaría más tarde. Se hubiera preocupado y hasta quizás se hubiera quitado la chancla al darse cuenta que solo era una verdad a medias; pero era demasiado tarde. Caminé con mis trofeos en la mochila. Caminé cabizbaja. Salí con el olor de la tristeza. Crucé la calle y entré a la iglesia. Me senté en una de las bancas delanteras y dije una rápida oración hasta que alguien se puso mi lado. Era miss Mickey. Dijo que esperaba verme hasta el lunes durante la Misa de María. Asentí y ella caminó a la parte trasera de la iglesia. Me persigné. Salí caminando por la puerta lateral y me paré afuera, mirando pasar los carros.

Cuando llegó el camión y el chofer abrió las puertas, por poco y me arrepentía. Pero sus manos arrugadas, aferradas al volante, se parecían a las de mi Apá. Me hicieron pensar que ese señor era bueno. Saqué un dólar que había doblado cuidadosamente y guardado en la bolsa de mi mochila. Me subí al camión en el que no debía subirme sin permiso.

Viajamos hacia el cementerio Everest. No me pareció un lugar donde alguien podría descansar. Tenía campos de pasto de un lado hasta el otro. Era el tipo de lugar donde me darían ganas de patear un balón de futbol. No tenía un balón, así que me senté junto a la tumba de mi Apá en la orilla del cementerio. Las flores llegaron como si fuera magia. Los vientos atraparon el polvo y soplaron. Las flores flotaron de una tumba a otra hasta que cayeron alrededor mío. No las agarré. No les pedí que vinieran. Ellas simplemente llegaron por sí mismas. El viento sopló y yo de repente estaba rodeada de flores hasta que también llegaron las palabras.

—Se supone que este tipo de cosas no se las debes decir a nadie. No lo dices porque podrías acabar en ese edificio junto al hospital con todos los locos. Yo gané el trofeo. Usted tenía razón. Se sintió muy bien, pero miré todas las caras a mi alrededor y no estaba la suya. Todavía esperaba verla.

"El día que lo trajeron aquí, les dije que este no era el lugar donde usted quería estar. Usted nos dijo. Nos dijo que quería estar en El Florido. Nos dijo que quería estar en el agua o en los cerros. Yo esperé que regresara a la casa. Esperé afuera hasta que el sol se durmió y Silvia me obligó a meterme. Seguí pensando que lo que le sucedió pudo haber sido un mal sueño o un chiste de mal gusto.

"Sé muy bien que usted habría estado a mi lado si hubiera podido. Yo todavía quería que lo supiera, así que vine al camposanto para enterrar mis raíces sedientas.

"Mi Amá todavía llora, ya lo sabe. Ella es aceite caliente en un sartén, esperando el roce más ligero para hervir y hacer burbujas. Ella llora sin hacer ruido. Pero el otro día la vi sonreír como no lo había hecho en mucho tiempo. Se sentía orgullosa.

"Clark también llora como cuando todavía no tenía nombre. Pero llora cada vez menos. Silvia ya no es tan corajuda como antes, y Ángel Junior ya no está tan interesado en irse y olvidar. Yo sé que olvidar no es correcto por más que nos esté matando.

"No, no es lluvia. Es que estoy llorando. Sí. Yo también lloro. No se burle ni me haga reír. Sólo quiero quedarme aquí y buscar el latido de su corazón. Quiero esperar aquí hasta que los gusanitos piensen que también soy parte de la tierra. Los gusanos no me dan asco. Usted los trajo a la casa en las paletas de tequila de Ciudad Juárez. ¿Se acuerda de cuando íbamos a Juárez? ¿Recuerda cómo comíamos tortillas calientitas enrolladas con sal y nos compraba nieve de pistache?

"Éramos tan felices. Ahora estoy triste cuando estoy triste, y algunas veces estoy triste cuando estoy feliz. Cierro los ojos y lo veo a usted tal como era. Hasta puedo escuchar su voz.

"'Cuando me muera no quiero que me lloren.'

"Usted no quería que lo lloráramos cuando se muriera. No creo que lo dijera en serio. Yo creo que sabía que nosotros lloraríamos en ese momento. Quizás se refería a que no lo lloráramos ahora.

"¿Qué fue lo que dijo? Sí, está oscuro. No quiero abrir mis ojos todavía. ¿Me puede ver, Apá? ¿También están cerrados sus ojos? ¿Qué dice? Yo soy usted, y usted está en mí."

También soy yo misma.

Por eso no puedo quedarme.

Me tengo que levantar.

Me tengo que ir a casa.

Me levanté. Caminé mirando los dedos de mis pies. Entendí que mi papá quería que fuéramos felices. Entendí porque yo era él y él estaba en mí.

Miré hacia arriba. El sol brillaba, quizá siempre había sido así.

Me senté en la banca de mi Apá cuando llegué a casa. Recordé el día que le dije que estaba emocionada por la escuela. Mi último año de la primaria había terminado y muchas cosas habían pasado. Algunas eran terribles. Pero el sexto grado ya no importaba. Yo había crecido. El mundo había crecido. Escuché las ramas del árbol, sacudiéndose para que cayeran sus hojas. Escuché a mi Apá moviéndose en el viento; sus ramas golpeando fuertemente las ventanas. Sonreí.

Séptimo grado, octavo grado, el primer día de preparatoria, universidad y muchos más vendrían. Estaba bien. El universo ya no se sentía tan grande y vacío.

t

Claudia Guadalupe Martínez creció en El Paso, Texas, donde aprendió que las letras formaban palabras leyéndole a su papá los subtítulos de viejas películas de vaqueros. Su papá la animó a que tuviera grandes sueños y a que un día escribiera un libro. Aunque él falleció cuando Claudia tenía once años, su familia la siguió animando a que realizara sus sueños. Claudia ahora escribe en Chicago donde vive con sus hijos y marido. También es autora de los libros *Pig Park* y *Not Bean*.

Elogios para *Olor a perfume de viejita*

"Esta es una historia de Apás, mijas, vida y muerte que ocurre en El Paso, la frontera que divide al norte del sur, al español del inglés, a la tradición de la asimilación. Es una historia sobre la frontera más grande de todas: el sexto grado, esa cima de la montaña desde donde puedes voltear y ver atrás a los monstruos que están bajo la cama, y ver hacia enfrente cosas aún más espeluznantes como los besos, los concursos de popularidad y las ausencias súbitas que pueden llenar un corazón hasta colmarlo. Claudia Guadalupe Martínez nos entrega todo eso con su propia voz musical, dulce y juguetona, un sonido como el de la frontera misma."

–Rubén Martínez, *Crossing Over: A Mexican Family on the Migrant Trail*

"El mundo de Chela González de pronto se derrumba en el sexto grado. Pero, a partir del sufrimiento, un nuevo mundo eventualmente se forma, arraigado en la amistad verdadera, la familia y la autoestima."

–Viola Canales, *Orange Candy Slices and Other Secret Tales,* and *The Tequila Worm*

"¡Goooooolazo de Claudia Martínez! *Olor a perfume de viejita* permanecerá contigo durante días. Este libro le gustará a todos lo que han tenido que enfrentar el sistema de castas de las cafeterías escolares, a los que han tenido que luchar contra las chicas rudas en español, y a quienes han deseado con tristeza tener una [enriquecedora] relación entre un papá y una hija."

–Michele Serros, *Honey Blonde Chica*

Acknowledgments

Thank you so much to Lee Byrd for taking a chance on this book by a girl from South El Paso and to Cinco Puntos Press for being so welcoming to the idea of an English-to-Spanish translation. Thank you to Luis Humberto Crosthwaite for his beautiful translation and to Sylvia Aguilar Zéleny for her copywriting expertise. Thank you to my family for their general support—this book would not exist without the real Amá and Apá. And this translation would not exist without the support of my "benefactor" husband and children, or without the support of the city I have now called home for sixteen years.

This project is partially supported by an Individual Artist Program Grant from the City of Chicago Department of Cultural Affairs & Special Events, as well as a grant from the Illinois Arts Council Agency, a state agency through federal funds provided by the National Endowment for the Arts.